Le soleil de Carla

CAMILLE POUZOL

Le soleil de Carla

HACHETTE
Jeunesse

À mon île, pour sa lumière et son odeur, pour ses habitants et sa folle beauté, son soleil, sa force et sa belle différence. Pour tous ceux qui l'aiment. Et surtout, pour celle à qui je dois tout ça... entre autres ! Pour ma maman.

ZERO

J'ai senti les larmes monter, le bout de mon nez qui commençait à me démanger... Je me connais, je sais quand je vais pleurer. Alors, je suis partie. Au début, je marchais simplement et puis, quand elles ont commencé à couler, j'ai couru. Je suis passée derrière l'hôtel, j'ai regardé de loin le petit groupe de gens dans le jardin. J'ai continué, j'ai dévalé la route. Ma gorge se serrait de plus en plus, j'ai continué à courir. J'ai croisé le vieux pêcheur dont je ne me rappelle jamais le nom. Il a souri. Je me suis demandée quel effet ça lui faisait, de voir « la Parisienne » courir dans la rue, avec sa jolie robe blanche. Robe blanche. Quand je me marierai, je voudrais exactement cette robe. Je voudrais exactement ce soleil, cet endroit, ce vent, et surtout, je le voudrais, lui. J'ai failli tomber, je ne voyais plus rien, j'avais la sensation qu'il pleuvait. J'ai souri, je crois : il ne pleut jamais ici. J'ai accéléré. J'ai vu enfin la Tour, pas loin, j'ai entendu le bois du pont sous mes pieds. Encore un effort. Je retenais les sanglots au maximum, encore quelques mètres et elle serait là. J'ai touché la Tour. Toujours presque chaude, rassurante, celle qu'on voit de loin, le refuge. C'est la première chose que j'avais remarquée en arrivant à Erbalunga. J'avais dit à ma mère : « Qu'est-ce que c'est que cette ruine, ils peuvent pas ranger ? » C'était il y a longtemps.

Je me suis adossée à ma Tour, face à la mer, et j'ai respiré, très fort. Comme chez le docteur quand il écoute le cœur en fronçant les sourcils. J'ai senti que je tremblais, j'avais le hoquet, le cœur serré, presque plus d'air. Je me suis laissée glisser sur les pierres et j'ai fait la boule. Je fais ça depuis que je suis toute petite : ça consiste à ramasser ses jambes et à les entourer de ses bras pour ne faire qu'une petite boule, la plus petite possible. J'ai enfoui ma tête entre mes genoux et je me suis laissée aller. Il y a eu un coup de vent, il faisait froid, malgré le soleil. Une mouette est passée tout près, et j'ai relevé les yeux. C'est l'odeur qui a séché mes larmes, pas le vent, pas le soleil, pas la Tour, juste l'odeur. Aujourd'hui, je la sentais vraiment. Ici, ça sent quelque chose tout le temps. On ne peut pas décrire, on ne peut pas comparer cette odeur avec quoi que ce soit, il faut la sentir, c'est tout. Un mélange de plantes, de mer, de chaleur et de tendresse. Maman dit que ça sent la Corse. Voilà. Le maquis. Comme dans le jardin derrière l'hôtel. Au début, on la remarque tout le temps, l'odeur. Au début, je la détestais. Mais là, appuyée contre ma Tour, ce jour-là, je l'ai adoré.

En une seconde, j'ai su que j'étais enfin chez moi.

Il fallait que je rentre. Ils devaient me chercher. Il fallait faire mon sac. Demain, pile à la même heure, je serai dans l'avion pour Paris. Il y aura l'aéroport, mon père qui agitera la main avec un sourire de présentateur de télé, vous voyez, le sourire qu'ils font quand un candidat perd à un jeu. Il y aura le mouvement insupportable de la ville. Bien sûr. La pluie. Le ciel bas. Le froid. À priori, j'allais perdre 12 degrés en 1 h 30 d'avion. Comme d'habitude. Il y aura toute ma vie de là-bas. Il faudra parler. Ce n'était pas le moment, pas maintenant, pas repartir encore maintenant. Je me suis remise à pleurer, il fallait penser à autre chose. J'ai regardé le plus loin possible, au bout de l'horizon, vers la mer. J'ai repensé à « insulaire ». Je ne savais pas trop ce que ça voulait dire, en arrivant ici. Je me disais que ça devait avoir un lien avec insolation. En fait, non. Insulaire signifie : « relatif à une île ». C'est tout ce que dit le dictionnaire. Pour moi, ça voulait dire séparé, éloigné, prisonnier. Aujourd'hui, là, maintenant, ça veut dire protégé. Ça veut dire ici. Erbalunga. Erbalung', avec l'accent. Ça veut dire la Giraglia, toucher ma Tour, le château, la confiture de figues, se baigner à Nonza, caresser Joséphine quand elle miaule pour m'appeler, faire griller du figatellu, un âne sur la route et tout le monde

12

qui s'arrête pour le regarder, le pêcheur dont je ne connais pas le nom, un solex, le vent dans les cheveux, son sourire, la maison qu'il veut à Cannelle. Lui. Les secrets de Barcaggio. Les secrets tout court. Et Centuri. Ce qu'il y a vraiment là-bas. Penser à autre chose. Ne pas pleurer encore. C'est mon île. Chez moi. Appartenir à une terre, ne plus jamais se sentir seule. C'est difficile de tout vous expliquer comme ça. Les sentiments ne s'expliquent pas, c'est quelqu'un de bien qui m'a dit ça. Je n'ai que 17 ans, 17 ans aujourd'hui, mais je suis sûre de ça. C'est chez moi. Je le sais maintenant, et je saurai surtout pourquoi c'est si fort en moi. Même si ça bouleversera tout. Même si... Je vais aller parler à maman, tout de suite. Il faut du courage. Je sens que je dois savoir.

C'est mon anniversaire.

Fermer les yeux, respirer encore, et faire tout remonter.

Il y a un an, j'étais quelqu'un d'autre...

UN

Je me souviens du jour où ma vie a basculé. Le 17 janvier. Pas compliqué, le jour de mes 16 ans. Je ne me doutais de rien, j'étais allée chez Zara, rue de Rennes, avec Jessica. Je me rappelle. Mon père m'avait donné deux cents euros. Comme ça, pour rien, pour que je m'achète des habits avec ma copine. Mon cadeau d'anniversaire était déjà à mon poignet, une montre très belle et très chère. Jessica l'appelait « mon horloge royale ». L'argent, ce n'était pas pour l'anniversaire, c'était pour détourner l'attention. Il s'était disputé avec ma mère la veille, jusque tard dans la nuit, comme souvent à cette période. Au petit-déjeuner, Maman n'était pas là, elle avait dormi chez Mamie Rose, ma grand-mère. Et Papa avait ce regard, gêné, fuyant, très habituel depuis quelques mois. Le regard qui vous dit de ne pas poser de questions, d'aller au lycée, de jouer à la petite fille sage, comme quand j'avais huit ans et que je devais encore faire comme si je croyais au Père Noël, alors que bon, je savais bien qui faisait crépiter sa carte gold pour m'ensevelir sous les paquets. Ce jour-là, il faisait froid et beau, j'avais cours de maths à 9 h et il m'a tendu deux cents euros. Comme ça, donc. En bredouillant que je n'avais qu'à me faire plaisir après le lycée, comme on était mercredi. Je n'ai rien dit. J'ai pris le billet, je l'ai embrassé (mon père, hein, pas le billet), il est parti travailler, et je suis allée en maths. J'ai attendu le cours d'anglais pour en parler à Jessica.

— Cet aprèm, virée chez Zara, la robe noire m'appelle...

J'ai juste dit ça, avec mon air enjoué, mon air de princesse comme dit Papa. J'ai mis le billet sur la table, genre tour de magie.

— Ils se sont encore engueulés ?

— Ouais.

Elle pige tout.

Jessica s'appelle Juliette. Juliette Morin en réalité, mais comme ça lui plaît pas trop comme nom, elle s'est choisi Jessica. Et tout le monde l'appelle comme ça, surtout sa mère qui est fan des *Feux de l'amour* et de tout ce qui vient des États-Unis. La mère de Jessica ne dit jamais les États-Unis, d'ailleurs, elle dit « Les States ». Juliette ou Jessica, ça ne change rien, c'est ma meilleure amie. Celle qui sait tout et qui est toujours là. L'autre jour, j'ai écrit dans mon journal intime que je comprenais qu'un jour, mes parents allaient mourir. Cela ne veut pas dire que je le souhaite ou que je l'attende, cela veut juste dire que je sais qu'un jour, je serai seule. J'ai cette notion présente en moi depuis longtemps. Mon père appelle ça : « mes instants graves ». Par contre, la vie sans Jessica, je ne la conçois pas. Je la connais depuis la maternelle, elle a toujours fait partie de ma vie, et elle est la seule à connaître tout de moi. Une véritable amie doit tout savoir. Et ce qui est formidable avec Jessica, c'est qu'elle sait même ce que je ne

lui dis pas. Après l'anglais, on est allées s'acheter un sandwich pour le manger au Luxembourg avant de foncer chez Zara. On a trouvé
deux chaises devant l'Orangerie, juste à côté du
bahut, face au pâle soleil de début d'année. Ce
qui est bien quand on est à Montaigne, c'est le
Luxembourg juste en face. La plus sympa des
cours de récré. J'avais un message de ma mère
sur mon portable. Il fallait que je sois tôt à la
maison, que je rentre direct après la danse, car
on devait discuter tous les trois... Je l'ai fait
écouter à Jess'. Elle a souri en entendant le ton
super mal à l'aise de Maman.

— Ma belle, c'est mal barré...

— Tu crois que c'est pour ce soir ?

— On va pas parier sur un truc aussi glauque
que le divorce de tes parents... mais je te parie
Mathieu qu'ils te le disent ce soir...

— Ce qui signifie que si je perds, non seulement mes parents se séparent le jour de mon
anniversaire, mais je te donne mon mec ?

— Exactement !

On était le 17 janvier, j'avais 16 ans depuis
une heure. Mes parents allaient divorcer, et ils

avaient choisi ce jour pour me l'annoncer. De toute manière, ils se hurlaient dessus depuis facilement avant Noël. Mais Noël de l'année d'avant. Mathieu m'avait dit que, quand les parents commencent à se disputer devant leur fille sans faire du tout attention à ce qu'elle peut entendre, c'est que c'est la fin. Les parents de Mathieu ne sont pas divorcés, mais il me dit que c'est tout comme, puisqu'ils ne s'adressent quasiment jamais la parole. De toute façon, dans ma classe, je suis une des seules à avoir encore mes parents ensemble. Limite que c'est une tare. Alors, même si je m'y attendais depuis des mois, j'ai pensé que ce serait quand même assez chouette que la réunion familiale du soir m'annonce une tout autre nouvelle. Qu'on partait tous en Guadeloupe pour les vacances ou que Papa vendait sa clinique pour devenir manager d'acteurs américains célibataires et canons... Mais dans le fond, je sentais bien que ça n'allait pas. C'était juste qu'à force de se préparer à un truc, (avec Jessica, ça faisait des mois qu'on parlait du divorce de mes parents), le jour où il arrive, ça fait quand même bizarre.

Plus tard, dans le bus, j'ai eu Mathieu au téléphone, il voulait venir me chercher après dîner pour aller boire une coupe de champagne tous les deux, trinquer à mes 16 ans... Je me suis dit qu'une blague serait la bienvenue.

— Ce soir, je peux pas, mes parents divorcent, on fait une fête !

— Arrête, t'as eu ta mère ?

— Oui. Y'a meeting à la maison, faut que j'y sois pile à 19 h.

— Ton père sera jamais rentré pile à 19 h...

— Je crois que pour cette fois, il bâclera son dernier lifting pour se pointer à l'heure, je te jure, faut que j'y sois...

— Pourquoi ils te font ça, aujourd'hui ?

— Ils détestent qu'on leur vole la vedette...

— Appelle-moi après. Je t'embrasse, je t'aime.

— Pareil.

Mathieu, il finit absolument TOUTES nos conversations téléphoniques en disant « Je t'embrasse, je t'aime. » Ça fait six mois et une semaine qu'on sort ensemble. C'est le premier garçon que j'ai voulu aussi fort qu'une fringue.

Quand j'ai vu Mathieu, j'ai douté de moi, j'ai pensé que, peut-être, je n'y arriverais pas. Alors j'ai minimisé. Je maîtrise cette technique comme personne. Quand j'ai peur de perdre, je fais comme si cela m'était bien égal de gagner. Il a un an de plus que moi, il est en Première à Montaigne et fume des Craven A devant le lycée avec ses potes. C'est Mathieu. Et en tout cas, moi, je l'embrasse, je l'aime.

Ce soir-là, je suis rentrée, très lentement. Le code, l'ascenseur, la clé. Le silence.

— Maman ?

— Dans le bureau.

Déjà, souci : c'était la voix de mon père. J'ai regardé ma montre : 19 h 03. Ça rigolait pas. Ils étaient tous les deux assis, ma mère sur le canapé beige, mon père à son bureau. Il y avait des millions de cigarettes dans le cendrier. Une ambiance particulière. Ils se regardaient tous les deux, et ensuite, discrètement, ils me jetaient un coup d'œil, à moi.

C'est ma mère qui a parlé en premier :

— Qu'est-ce que ça fait alors, seize ans ?

— Bien. Cool. Normal.

— Ton cours de danse ?

— Salsa.

— Carla, c'est la journée sans verbe ? a coupé mon père.

— Je sais pas, je croyais qu'on devait parler.

— Mais on parle, là.

— Ah.

C'était dur. Je me souviens de m'être assise, à côté de Maman, qui m'a souri. Je me souviens de m'être raidie, comme quand on sait que ça va faire mal. Oui, raidie comme la première fois avec Mathieu. Dans sa chambre... J'ai voulu lui enlever son tee-shirt, c'était laborieux, ses cheveux ne passaient pas, il m'a aidé, il a ri. Il m'a embrassée en me poussant vers le lit. Je suis tombée sur lui vachement pas joliment. Je me suis raidie encore plus, j'étais entièrement raide comme une bûche, j'arrêtais pas de me dire : « Ça va aller, tout va bien se passer, ça va aller... » Je croyais me le répéter dans ma tête, mais en fait, j'ai dû le murmurer tout haut, parce que Mathieu a dit : « Mais oui, ça va aller... » La première fois que j'ai fait l'amour, c'était même pas avec Mathieu. C'était en Bretagne avec le copain du garçon qui livre les huîtres déjà ouvertes. Mais j'ai décidé d'oublier ce souvenir et de réserver ma première fois à Mathieu. Je me suis raidie dans le bureau de mon père, pareil : l'air indifférent, l'air de la fille qu'a plein de devoirs, un anniversaire et un rendez-vous avec son amoureux, l'air de la fille qui sait que ça ferait moins mal si elle se détendait, mais qui n'y arrive pas. Mon père a dit :

— D'abord, on sait bien qu'aujourd'hui, ce n'est pas un bon jour. Mais tu sais... on ne choisit pas. De toute façon, ce n'est pas un scoop, tu vois bien, doudou, que ça ne va pas du tout entre ta mère et moi. Enfin, que ça ne va plus du tout...

Et voilà. Le temps s'est arrêté, suspendu, comme si soudain, tout bougeait au ralenti. J'avais imaginé ce moment des millions de fois, comment ils me le diraient, quels mots ils allaient trouver, quelles excuses, quelles explications foireuses. Et puis finalement, c'était juste banal, un peu comme dans une série pour adolescents. J'ai penché la tête sur le côté pour regarder le tapis. J'ai compté les fils qui dépassaient, et je me suis mise à me demander si j'allais devoir rester dîner avec eux, ou si j'aurais le droit de rejoindre Mathieu. Je n'écoutais plus, et pourtant mon père parlait toujours. Certains mots arrivaient jusqu'à mon cerveau comme : « pas un drame », « ne changera rien », « décision douloureuse », « mieux pour tout le monde ». Et puis « divorce » bien sûr. Le fameux. Le clou du spectacle. Ensuite, il y a eu du silence. Plus rien. Alors j'ai relevé la tête. Mon père fumait une cigarette sans rien dire. Ma mère s'est levée et elle est venue s'adosser au bureau, face à moi. J'ai compris que c'était sans doute mon tour. Qu'il allait falloir dire quelque chose. Réagir...

— C'est tout ?

— Non, ma chérie, ce n'est pas tout.

J'ai soupiré. Presque bruyamment. Qu'est-ce qu'il pouvait y avoir de plus, ENCORE ? Et puis, comme personne ne parlait, j'ai commencé à mieux les regarder... Leur air super-tendu, leurs yeux qui n'arrivaient pas à se fixer sur moi plus de deux secondes, et j'ai eu un drôle de pressentiment. J'ai regardé ma mère avec sa bouche pincée, et j'ai pensé que quelque chose n'allait pas. Quelque chose d'autre. Qu'ils divorcent, c'était logique, c'était tout sauf une surprise, c'était prévisible et même prévu. Mais là, mes antennes se sont dressées. J'ai eu un frisson...

— Qu'est-ce qui se passe ?

C'est ma mère qui a parlé. Vite, sans s'arrêter, sans me regarder. Mon père ne l'a pas interrompue une seule fois. J'écoutais, attentivement, et, cette fois, les mots ont volé vers moi avec une rapidité hallucinante. J'avais à peine le temps de les entendre qu'il fallait déjà les comprendre. Je ne sais plus ce qu'elle a dit exactement, je ne sais plus les mots qu'elle a employés, ni dans quel ordre. Ça m'a fait l'effet d'un coup de massue, ou d'un étouffement, oui, c'est ça, je n'arrivais plus à respirer. Tout se mélangeait dans ma tête : ma mère avait « rencontré quelqu'un d'autre », elle avait même dit « tombée amoureuse », elle avait dit « homme formidable », elle allait vivre avec lui, elle allait s'installer avec lui, et je venais vivre avec eux, elle avait dit « en Corse ». Il vivait dans « un village superbe » et « j'allais adorer cet endroit », bien sûr ce serait « un changement énorme », mais, « on allait en parler ».

On allait en parler. C'est là que je me suis levée, d'un bond, sans même m'en rendre compte, je n'avais plus du tout d'air, et puis, cette impression qu'il faisait mille degrés dans la pièce, j'avais la tête qui tournait, j'ai voulu hurler, mais c'est un tout petit son qui est sorti de ma bouche :

— On ne parle de rien, je ne vais pas vivre en Corse ! C'est une blague ? Ça fait longtemps que ça se prépare ? C'est... je... vous ne...

Le nez qui pique, les jambes qui tremblent. Je suis sortie, j'ai marché droit vers ma chambre, ma mère sur mes talons. J'ai voulu claquer la porte, mais elle l'a retenue au vol, je me suis assise sur le lit et elle m'a prise dans ses bras, je voulais la repousser, je n'y arrivais même pas, je ne parvenais pas à articuler un mot, je me sentais molle, je hoquetais, mais sans pleurer vraiment. Ma mère me serrait, elle répétait : « Je sais que c'est dur, je sais, je sais... » On est restées dans cette position pendant très longtemps, sans qu'elle me lâche, sans que je la regarde, sans se dire autre chose que « Je ne veux pas y aller » et « Je sais que c'est difficile, on va en parler. » Comme deux poupées rayées sur un disque d'incompréhension totale. Je me rappelle du chaos dans ma tête, je n'arrivais plus à réfléchir, je me répétais cette phrase en boucle, tout haut, tout bas, sans arrêt. De cette soirée, finalement, je ne me souviens plus que de cette phrase : « Je ne veux pas y aller. »

DEUX

Ma mère avait rencontré un homme qui s'appelait Francesco, elle allait vivre avec lui en Corse, elle partait fin juin et je venais vivre avec eux. Point. Le lendemain, le concept tournait dans ma tête comme une boucle sans fin. Mathieu et Jessica avaient essayé d'émettre des avis, des restrictions, des questions... C'était tout ce que je savais. Et puis, ma mère était devant le lycée à 17 h. Elle ne venait jamais sans prévenir. On a été boire un chocolat dans un salon de thé. Elle m'a demandé comment j'allais. J'ai dit que ça pouvait aller, qu'il fallait que je parle à Papa. Elle a eu l'air surprise, comme si ça l'étonnait que je veuille parler à mon père, elle qui lui adressait de moins en moins la parole. J'ai expliqué le plan parfait, celui auquel je m'étais raccrochée toute la journée, sans oser le formuler vraiment. J'ai essayé de rester calme, pas désespérée, genre dernière chance. J'ai parlé sans m'arrêter, en faisant bien attention de ne pas avoir l'air de ne pas vouloir vivre avec elle, en jouant plutôt les filles super mûres qui pensent avant tout au lycée et à l'avenir. Maman n'a pas réagi. Et puis, elle s'est mise à parler complètement d'autre chose. Je la connais, elle fait ça quand elle est gênée. Tout d'un coup, elle a embrayé en prenant une petite voix très aiguë, elle m'a dit qu'elle avait rencontré cet homme, Francesco, l'année dernière, dans un salon de décoration intérieure. Il venait chercher des idées pour son hôtel, parce que, ah, oui, elle avait oublié de me dire : il venait d'hériter d'un petit hôtel en Corse et...

— Je n'ai pas très envie qu'on parle de lui, en fait.

Je l'ai coupée d'un coup. Elle s'est arrêtée net. De toute façon, elle essayait de faire diversion. Je la connais par cœur, je vous l'ai expliqué. Elle m'a regardée, et j'ai vu les larmes briller dans ses yeux.

— Carla, il va falloir qu'on en parle, pourtant... Tu vas le rencontrer bientôt...

— Je n'ai pas très envie de le rencontrer non plus.

— Je sais, c'est normal...

— Si tu trouves ça normal, alors tant mieux. On va y aller, je voudrais appeler Papa...

— Ton père travaille tard ce soir, on dîne toutes les deux.

— J'ai plein de devoirs. Je vais l'appeler quand même à la clinique...

Là, elle a eu comme une difficulté à avaler sa salive, encore plus de larmes dans les yeux. Elle a posé sa main sur mon bras, puis elle l'a enlevée. Elle a baissé les yeux.

— Carla...

— Oui ?

— Écoute, il faut que tu parles avec ton père, je comprends. Mais je veux que tu saches que nous avons déjà pensé à ce que tu restes ici avec lui... Au moins, l'année prochaine... C'est vrai que ça me paraissait plus simple, au début, moins déstabilisant pour toi... Même si tu m'aurais beaucoup manqué...

Elle a arrêté de parler pour chercher une cigarette. La sortir du paquet, l'allumer, inspirer une longue bouffée, faire ressortir la fumée par son nez. Pendant tout ce temps, ça n'arrêtait pas dans ma tête. Je me disais d'un côté, tout va bien, ils en ont déjà parlé, mais d'un autre côté, le ton de Maman n'annonçait rien de bon. Elle avait l'air émue, oui, émue et ennuyée. Elle m'a regardée bien en face.

— Carla, ma puce, tu ne peux pas rester là, c'est... trop compliqué pour ton père, avec son travail, tous ses déplacements à l'étranger...

— Il ne veut pas...

— Ce n'est pas ça, il adorerait, mais c'est vraiment impossible, chérie, ce n'est pas toujours si tranché dans la vie...

— C'est pourtant simple : il veut ou pas ?

— Il ne peut pas, il...

Je n'ai pas su la suite. Je n'ai pas pu savoir quelle excuse minable mon père avait osé formuler. J'ai pris mon sac et je suis sortie. J'ai bousculé la serveuse, j'ai entendu ma mère m'appeler. Pas trop fort non plus, un genre de chuchotement un peu agacé. Ma mère, c'est pas trop le genre à crier dans les salons de thé. Ma mère, c'est pas trop le genre non plus à filer en Corse s'installer avec un mec qu'elle connaît depuis quelques mois. Comme quoi, la vie est bizarre. J'ai marché dans la rue. J'ai marché en pleurant de rage. Très bizarrement, je me suis rappelé une conversation idiote qu'on avait eue avec Mathieu à propos de Boulette. Boulette, c'est son chat. On jouait avec Boulette sur le canapé dans sa chambre. Cette chatte a deux ans, mais on dirait encore un bébé, elle est vraiment toute petite. On jouait à se la passer et à la faire danser sur nos genoux... Au bout d'un moment, on sentait bien qu'elle en avait ras-le-bol mais elle n'a ni miaulé, ni griffé. Mathieu m'a dit que ça devait être atroce d'être Boulette, que tout le monde puisse vous prendre, vous poser, vous reprendre quand ça lui chantait. Et que vous ne puissiez pas faire grand-chose, parce que, franchement, Boulette, même si elle avait voulu se rebeller, vous voyez bien la taille d'un chat face à deux ados débiles ? Je me suis assise sur un banc, dans la rue, il faisait presque nuit, le ciel était rose, je sentais mon portable vibrer furieusement dans ma poche. Je me suis sentie Boulette. Voilà. Un petit truc qu'on prend, et qu'on pose où on veut. Un petit truc insignifiant qu'on se refile.

TROIS

On devait partir le 5 juillet. Je l'avais noté dans mon agenda. Et c'est tout. Absence totale de réaction. J'avais renoncé. Mais je m'étais gelé à l'intérieur. Je passerais les deux mois d'été en Corse. Tous les autres projets de vacances étaient, de fait, annulés. Je n'ai rien dit en l'apprenant. J'ai enregistré l'info sans broncher. Les mois passaient, tout doucement. En surface, rien n'avait changé. Le lycée, les devoirs, le ciné du vendredi avec Mathieu, la danse, les soirées seules à la maison. Les post-it de ma mère sur la porte de ma chambre : « *Papa rentre tard. Moi migraine, dodo. Lasagnes, frigo. Mathieu pas trop tard ! Baisers. Mam'.* » La vie comme avant.

Avec quand même cette sensation bizarre. Est-ce que j'avais rêvé, ou est-ce que toute cette histoire de Corse était bien vraie ? Comme un monstre caché dans une armoire : tout le monde sait qu'il est là, mais juste on vit sans ouvrir l'armoire. Pourtant, il y avait des signes. Des piles de cartons dans la maison, mon père qui dormait maintenant tous les soirs dans son bureau, toutes les lettres que ma mère envoyait. Elle multipliait aussi les allers-retours là-bas, facilement trois ou quatre fois par mois. Mais moi, je tenais bon, je passais loin de l'armoire du monstre, je ne voulais rien savoir. Je ne suis pas allée visiter le fameux hôtel, je n'ai pas été repérer ma future maison ou saluer ma future famille, j'ai eu une gastro quand le Francesco est passé à Paris, je refusais systématiquement d'en parler avec mes parents. Comme à son habitude, mon père laissait faire, le refus total de communication, (la « guerre froide », comme il l'appelait). Au fond, ça l'arrangeait. Maman, par contre, ne lâchait pas le morceau. Selon elle, je ne faisais aucun effort. J'étais d'accord. Ne pas hurler était mon maximum. Le pire, c'était de constater que la vie n'allait pas s'arrêter avec mon départ... la vie des autres, en fait. June me le rappelait assez souvent, avec son esprit sadique. J'ai connu June en sortant avec son petit frère, et j'ai vite compris qu'il valait mieux l'avoir dans son camp. Notre relation était étrange, puisque construite entièrement autour de Mathieu. C'était sa sœur, j'étais sa petite amie, un conflit entre nous lui aurait posé un gros problème ; alors on marchait toutes les deux sur des œufs. Je savais qu'elle ne me portait pas spécialement dans son cœur, mais de toute façon, comme disait Jessica, « la seule personne que June apprécie vraiment, c'est elle-même ! » Peut-être. C'était le genre de filles que vous pouviez détester en une seconde, et qui l'assumait à 300 %. Elle avait un prénom hautain et particulier (mais je ne pouvais pas vraiment faire la maligne sur ce sujet), un physique de mannequin russe, des petits amis avec des voitures décapotables, une centaine de paires de chaussures, des parents richissimes qu'elle traitait comme ses esclaves (faute de lui donner de l'amour, elle avait décidé qu'ils feraient ses quatre volontés), le tout avec une confiance en elle qui allait encore bien plus loin qu'une simple prétention... et pourtant... Même si j'étais lucide sur le « cas June », je ne pouvais m'empêcher de bien l'aimer, elle avait une personnalité si forte que je pensais que rien ne pourrait jamais lui résister, et ça m'impressionnait vraiment. Moi qui avais été tellement bouleversée par cette histoire de Corse, je n'en revenais pas de sa réaction. Pour June, il était inconcevable de se laisser faire. À ma place, je crois qu'elle aurait entamé une grève de la faim... Et depuis qu'elle savait, elle ne se lassait pas du nouveau petit jeu qui consistait à me faire mal, l'air de rien... Son argument favori, c'était le 18 août. C'était l'anniversaire de Mathieu, le 18 août. Ses parents nous avaient invités une semaine à Nice, où ils tenaient un hôtel sublime, « un palace », comme adorait le rectifier June. Ils vivaient environ six mois par an dans le Sud et, du coup, June et Mathieu étaient la plupart du temps livrés à eux-mêmes. De toute façon, qu'ils soient là ou pas, cela ne faisait pas une grande différence, on ne pouvait pas dire que les parents de Mathieu avaient une grosse autorité. Cette fête, on en parlait depuis des mois... enfin, disons qu'on en parlait moins depuis que mon exil corse avait pris toute la place dans nos débats... Je ne savais pas encore si je pourrais y aller, je ne savais plus rien. L'avenir était devenu cette chose floue et douloureuse, incontrôlable, menaçante... Et à travers June, je réalisais tous les jours à quel point celui des autres était au contraire inchangé, enviable, parallèle au mien... Plus la date approchait, plus il était difficile de faire comme si. Le moindre truc m'y faisait penser. J'avais l'impression que le temps passait plus vite. Que cette année, à partir de ce 17 janvier, s'était mise à accélérer la cadence. Chaque jour comptait. J'ai imaginé l'anniversaire de Mathieu à Nice, l'hôtel de ses parents, la chambre bleue de Jessica et June... Ces vacances sans moi. Puis celles d'après. J'ai imaginé ensuite les gens, même Mathieu qui se voulait rassurant, qui était devenu le garçon le plus enjoué du monde depuis qu'il savait, j'ai pensé à combien de temps il mettrait pour m'oublier. Tous les moments que je raterais.

J'avais repéré sur une carte le village : Erbalunga. Ça avait l'air minuscule. Sur Internet, on parlait d'un « lieu pittoresque et très calme ». Super. Les cartons prenaient maintenant toute la place dans ma chambre. Au fond, je le savais. Non, je ne resterais pas là-bas. Je n'avais rien dit encore, j'avais accusé le coup comme une automate, j'avais continué à vivre. Et de toute façon, je ne pouvais rien changer, parce que cela n'aurait servi à rien de s'épuiser ici. La guerre froide, ils allaient l'avoir, et dans les grandes largeurs. Ma mère ne pouvait pas m'obliger à vivre dans ce bled, loin de tout, simplement parce qu'elle se faisait un trip amant corse. Je ne ferais pas de scandale, pas de larmes, pas de coups bas, j'allais simplement être tellement invivable qu'elle me renverrait à Paris avant septembre. Ça, je pouvais le jurer.

QUATRE

En un claquement de doigts, j'étais dans l'avion.
Le 5 juillet. Aucun incident majeur tombé du
ciel n'était venu empêcher ça. Les jours avaient
continué à passer simplement, la fin des cours,
mon passage en Première, le début des
vacances... L'ambiance lourde à la maison, mon
père qui ne savait plus quoi inventer pour ne pas
me croiser, ma mère qui affichait une bonne
humeur continuelle et tendue. Et l'avion, ce
matin-là. Mes parents qui se disent au revoir
comme d'habitude, c'est-à-dire comme des
divorcés. Ce qui est normal, vous me direz,
maintenant qu'ils le sont presque. Mes parents
qui, la veille, s'étaient assis à table, espérant un

dîner presque normal. Moi, les yeux rivés sur mon assiette, ignorant magnifiquement les efforts surhumains des deux pour faire de cette soirée quelque chose d'à peu près supportable. Puis j'avais filé dans ma chambre, soi-disant pour finir mes valises et mes cartons... Ça allait à peu près jusqu'à ce qu'il appelle. Mathieu, avec sa voix pas très assurée, mouillée, fragile. Qui lui aussi se battait pour que ce coup de fil ne sonne pas comme une chose épouvantable. Il a dû répéter au moins un million de fois que de toute façon « ça ne changeait rien », que je « n'étais pas loin », et qu'il « viendrait le plus vite possible ». Je n'ai presque pas parlé. On s'était dit au revoir quelques jours avant, on avait passé la nuit chez lui, mes parents me pensant chez Jess'. On s'était tout promis : qu'on s'aimerait toute la vie, qu'on voulait se marier, faire des enfants, vieillir ensemble en se tenant la main au-dessus de notre épagneul, avec des marrons dans le feu, et des feuilles mortes en bouquet dans des beaux vases. Au niveau du serment, on était parés. Mais ce soir-là, qu'on s'était tellement imaginé sans imaginer qu'il

42

allait exister en vrai, on n'était plus si coura- geux. Il a raccroché un peu vite, j'ai à peine entendu son « Je t'embrasse, je t'aime », et sou- dain, j'ai fondu en larmes. Une crise violente, inouïe, le genre que j'avais vraiment pas vu venir. J'ai tiré le verrou de ma chambre, j'ai essayé de ne pas faire de bruit. Ma mère, der- rière la porte, m'a demandé si tout allait bien. J'ai répondu : oui.

« Nous amorçons notre descente vers Bas- tia... » Formidable. J'ai essuyé une larme qui pendait mollement au bout de mon nez. J'ai relevé le menton. Descendons vers Bastia, moi, je dis, c'est parfait. J'ai regardé ma mère qui se remaquillait. Elle était extrêmement concentrée sur son mascara, avec un air excité, un peu joyeux aussi, que je ne lui avais pas vu depuis la livraison du nouveau canapé, un an auparavant. Je me suis dit pour la première fois qu'elle devait être tellement heureuse d'arriver, elle. Ça m'a paru tout d'un coup très drôle, cette com- plète contradiction entre nous deux. Pour elle, une nouvelle vie, pour moi, la fin de la mienne.

Enfin, d'accord, façon de parler. On a atterri. Température extérieure 28°, dès la descente de l'avion, le soleil dans les yeux.

— On étouffe !

— Il fait un temps superbe. Tu verras, au moins dix mois sur douze !

— Ben, ça doit être varié...

— Chérie...

— Maman ?

Elle n'a pas insisté. Elle regardait tout autour d'elle d'une façon bizarre. Et moi aussi, presque sans m'en rendre compte, j'ai commencé à scruter les gens qui venaient vers nous. Je me concentrais sur chaque homme potentiellement envisageable. Je ne l'ai pas vu arriver. Maman s'est soudain immobilisée, et a fait un petit signe de la main... Une seconde plus tard, Francesco était planté devant nous. Il a fait un grand sourire, il a embrassé rapidement ma mère sur les lèvres, et m'a tendu la main.

— Carla ? Francesco... Bienvenue sur mon île...

Ça m'a surprise, je n'ai pas eu le temps de préparer un visage fermé de circonstance, il avait l'air tellement à l'aise, que je n'ai réussi qu'à lui tendre aussi bêtement la main. Et puis, ce terme « mon île », balancé un peu comme un défi, m'a refroidi. On attendait les bagages. Je les observais du coin de l'œil. Il parlait à ma mère, une discussion très banale sur le vol, la chaleur, les valises, le déjeuner… Je la voyais sourire, rougir même, par instants, quand il lui a passé le bras autour des épaules. Je voyais ma mère comme je ne me souvenais pas l'avoir vue. Je me suis sentie quasiment de trop. Ni l'un, ni l'autre n'avaient l'air de se soucier de ma présence. J'étais là, plantée, avec mon hostilité bien visible qui ne servait à rien. Avec mon envie de reprendre immédiatement l'avion dans l'autre sens. Avec tous les mots qui se bousculaient dans ma tête. L'envie de lui demander à ce grand gars tout souriant ce que ça faisait de bousiller toute une famille. Une famille certes, déjà bousillée, mais au moins, c'était fait en interne. Francesco s'est tourné vers moi :

— Léo est dans la voiture.

Je savais très bien qui était Léo, ma mère m'avait rebattu les oreilles avec ce fils formidable qui avait presque mon âge, et avec qui j'allais « formidablement » bien m'entendre... Je l'ai regardé droit dans les yeux, le Francesco avec son bronzage vulgaire, ses dents trop blanches et sa chemise ouverte.

— C'est ton chien ?

Il a souri encore. La dernière de nos valises arrivait. Je l'ai empoignée en l'empêchant de m'aider. Il allait voir, Indiana Jones, que je n'étais pas aussi facile qu'il se l'imaginait. La voiture était garée à des kilomètres, j'ai cru mourir de chaleur en me traînant derrière eux. J'ai découvert une sorte de décapotable militaire et pourrie, avec le drapeau corse planté dessus. Assis sur le capot, un mec torse et pieds nus avec un short effiloché, nous a fait un signe. Il avait les cheveux blonds, les yeux bleus, un collier avec un coquillage, on aurait dit le moniteur de voile du Club Med au Mexique, que mon père avait appelé « la vague » toutes les vacances. Ma mère a pris Léo dans ses bras en lui ébouriffant les cheveux. Il l'a appelée par son prénom, « Soline ». Encore une fois, je suis restée sans voix, debout à côté de la portière arrière, comme une conne, avec mes lunettes de soleil et mon tee-shirt plein de sueur. Puis il s'est avancé vers moi et m'a fait la bise avant que j'aie eu le temps de bouger. J'ai pensé que tout le monde était extrêmement détendu dans cette famille. Comme si tout ça était parfaitement simple et normal, comme si nous venions passer des vacances chez des amis... Comme si personne ne se rendait compte. Léo m'a souri, encore, le même que son père, avec des dents éclatantes et magnifiquement alignées. Il m'a pris mon sac des mains. Je n'avais toujours pas ouvert la bouche.

— Salut... t'inquiète, dans deux heures, on est dans l'eau.

Comme si j'avais envie de me baigner. Je me suis roulée en boule derrière, dans un coin. Et j'ai ostensiblement fixé toute mon attention sur mon portable que je venais d'ouvrir. Des petits bips ont retenti. J'avais 12 messages. Des texto pour la plupart, de Jess' et Mathieu. Un message neutrement tendre de mon père. Et un de Mamie Rose, qui, plus maligne, espérait que « Je ferais un petit effort. » Francesco roulait vite, le vent s'engouffrait partout, j'avais les cheveux plaqués sur le visage. Léo s'était calé entre les deux sièges avant et rigolait à propos d'une histoire de vache sur la route... Je me suis penchée discrètement pour écouter. J'ai entrevu la main de Francesco, posée sur la cuisse nue de ma mère. Ma mère qui riait, à propos de la vache toujours, qui apparemment avait bloqué toute la circulation du village la veille. Ma mère avec un rire que je ne lui connaissais pas non plus, un genre de rire moderne et décontracté. Soudain, elle a mis sa main en visière et s'est écriée :

— Oh, regarde, chérie, la mer !

La mer. Les vaches. Le village. Mon nouvel univers. J'ai commencé un texto pour Jess', et Léo s'est tourné vers moi, toujours avec ce sourire débile...

— Profites-en, ma vieille, on capte pas à la maison.

— Quoi ?

— Y'a pas de réseau à l'hôtel... et au village, c'est pas terrible non plus... Pour appeler, je dois monter en équilibre sur un rocher à 2 kilomètres... c'est un peu back to 1867, tu vois...

J'ai souri... aussi. Il m'avait appelée « ma vieille » et je crois sincèrement que c'est la première fois que ça m'arrivait. Mais il avait l'air de ne pas apprécier d'être privé de portable, alors ça le sauvait... J'ai rangé mon téléphone dans mon sac.

— T'es en quelle classe ?

— Je ne vais pas au lycée, je travaille aux champs...

— Quoi ? Mais comment...

— Non, Carla, je rigole... t'inquiète, même ici, le supplice des nombres complexes et de la trigo existe...

— Tu sais comment je m'appelle ?

— Non, j'ai dit ça au hasard et je suis bien tombé...

— Quelle classe ?

— Première. Première L. Comme toi. J'avais 2,6 de moyenne en maths, ils ont décidé que j'étais un littéraire...

— Tu m'étonnes, j'avais 4 à tous mes DST, le prof écrivait toujours « En progrès ».

On a commencé comme ça. À parler de nos soucis en maths. Je voyais bien les coups d'œil de ma mère dans le rétro, son petit sourire, genre : « Tu vois qu'il est super. » J'imaginais même en temps réel ce qui se passait dans sa tête, elle devait se sentir rassurée, penser que, finalement, tout allait bien se passer. Léo m'a raconté que l'hôtel était en pleins travaux, comme il disait « C'est Beyrouth, mais ça va être de la balle une fois fini. » J'ai compris à demi-mot qu'on passerait plus ou moins l'année prochaine dans les gravats. L'ouverture officielle de l'hôtel était prévue au printemps... Il y avait même de la place pour une piscine dans le jardin, mais son père était contre. J'écoutais sans rien dire, je me disais que cette vie n'allait jamais devenir la mienne, que je me foutais bien de savoir si la vue était incroyable ou si les photos du dépliant seraient mortelles. J'ai juste levé un sourcil quand Francesco a parlé : pour le moment il y avait six chambres de prêtes, et je pourrais choisir celle que je voulais. Léo m'a encore fait un de ces fameux sourires...

— Même la mienne, si tu veux, je m'en fous...

J'ai choisi au hasard. La première pièce dans

laquelle je suis entrée. Un lit, un petit bureau sale, une armoire et une grande fenêtre. Les rideaux blancs étaient tirés, il faisait au bas mot 1 000 degrés. Un vieux bouquet de lavande rendait l'atmosphère digne d'une boutique de linge dans les années 20. J'ai fermé doucement la porte. Je me suis assise sur le lit et j'ai senti que mon cœur s'emballait. Ma respiration aussi devenait incontrôlable, comme si j'allais faire une crise d'asthme. Je me suis rassurée en me disant que je n'avais jamais eu d'asthme. Il y avait un petit lavabo dans un coin, je me suis passé de l'eau fraîche sur le visage et j'ai inspiré profondément. J'ai pris mon portable et scruté l'écran : pas l'ombre d'une barre de réseau. En relisant le dernier texto de Jess', je n'ai pas pu m'empêcher de sourire : « C komen ? » C'est comment ? Je ne voyais pas bien quoi répondre à cette question. C'était indescriptible. On m'aurait dit que j'allais devoir passer quinze jours dans cette baraque, j'aurais déjà éclaté de rire, mais là... A priori, c'était parti pour durer, je sais pas, des années ? L'étouffement m'a repris. Non, il fallait se calmer. Ce n'était tout simplement pas humainement possible que je vive là. Dans cet... endroit. Avec ces gens. Il fallait que j'appelle mon père. Ou Mathieu. Ou l'assistance sociale. J'ai tapé du pied par terre. Je me suis levée, et j'ai envoyé valser la chaise. Puis je me suis appuyée sur le bureau en crispant mes mains de toutes mes forces sur le bois. Non. Non. Non. Léo est entré brusquement, il avait échangé son sale short contre un maillot délavé. J'ai fait un bond.

— Tu viens te baquer ?

— Tu pourrais frapper !

— Oh... désolé, c'est pas trop le genre de la maison... Tu viens ?

— Non... je ... n'ai pas très envie de me baigner tout de suite... Je vais rester là...

— OK, à tout'...

Il n'a pas refermé la porte, je l'ai entendu dévaler l'escalier et hurler :

— Elle vient pas !

J'ai entendu d'autres voix, puis je me suis rassise sur le lit et j'ai tenté de ne pas exploser en sanglots. Ma mère est passée dans le couloir.

Elle portait un maillot noir et un paréo vert. Elle avait lâché ses cheveux.

— Tu ne viens pas te...

— Non. Je ne viens pas.

— Chérie, il fait chaud, tu devrais enfiler un maillot et venir ! On rangera après...

— Je ne reste pas pour ranger.

— Carla... C'est les vacances !

— Ah oui ?

Les vacances... Quelle hypocrisie ! Je l'ai regardée droit dans les yeux. Ma voix tremblait un peu, mais j'ai essayée de prendre un air « à la June ». J'ai surtout fait en sorte que le flot de larmes que je sentais monter reste à l'intérieur.

— Va te baigner, Maman... S'il te plaît.

Elle a soupiré, mais elle n'a pas insisté. Je suis restée immobile en attendant que la maison soit le plus calme possible. Je n'entendais plus que le bruit de la bétonneuse dehors, des coups de marteaux sur le toit. J'ai repensé au texto de Jessica : « C komen ? » Si elle était là, on en rigolerait sûrement. On aurait ri tout à l'heure en arrivant dans ce village, cette pancarte rouillée qui disait *ERBALUNGA*, ce petit port microscopique avec trois vieillards de 123 ans à la terrasse d'un café minable. On aurait pouffé en observant les quelques maisons quasiment enfoncées dans l'eau, cette route qui montait en serpentant atrocement, ce petit chemin à droite... et cette maison...

Quand la voiture s'était arrêtée, et que Léo avait sauté par-dessus la portière en faisant : « Tin, tin, tin ! » Je ne pouvais déjà plus parler. J'avais les yeux écarquillés, essayant de fixer chaque détail. Au bout du chemin plein de broussailles et de ronces, il y avait une sorte de jardin avec des oliviers et quelques graviers, et puis un garage, à droite, peint à la chaux, avec des millions de caisses empilées, une vieille 2 chevaux et un solex dans un coin. Je voyais aussi des vélos par terre et une autre voiture, un genre de camion pick-up orange, chargé de sacs de ciment. Ensuite, je suis descendue et j'ai levé les yeux vers la « maison » proprement dite : un grand truc en pierres, austère, immense, avec plusieurs étages et une porte bleue, en bois, en haut d'une volée de marches... Sur le toit, j'ai repéré des bâches, et un ouvrier qui travaillait.

Francesco sortait les valises, et là, comme je pensais sincèrement que cela ne pouvait pas être pire, un énorme chien jaune est sorti de la maison en aboyant, et a foncé droit sur ma mère. Elle qui déteste tout ce qui peut ressembler de près ou de loin à un animal vivant, a caressé ce truc, trouvant ça drôle qu'il saute sur elle en anéantissant sa chemise blanche. Je me suis collée contre la voiture, la bête est venue ensuite me renifler, et a recommencé à aboyer. Léo se marrait, il a attrapé le monstre par un vieux bout de ficelle qui lui servait de collier...

— C'est Napoléon. Il est pas méchant. Juste sale et curieux !

J'ai senti qu'on prenait mon sac de mes mains. Quelqu'un tirait dessus sur le côté... En y repensant, j'ai encore eu un frisson. Je me suis dit qu'il ne faudrait pas que j'oublie de décrire cette « personne » à Jess'. Je me suis tournée brusquement en résistant pour ne pas lâcher mon sac, et je me suis trouvée à deux centimètres du visage d'un vieux mec tout rabougri qui puait l'alcool à cinq kilomètres. Il avait un bleu de travail tout sale, un chapeau de paille et une dent tous les mètres. Il a grommelé et a tiré plus fort sur mon sac, que j'ai lâché pour ne pas le contrarier. Puis il a pris le collier du chien et s'est dirigé en clopinant vers la maison. Francesco me regardait fixement, appuyé sur la voiture.

— Luigi. Jardinier.

J'ai hoché la tête le plus poliment possible, et suivi ma mère vers la maison. Après, tout ce dont je me rappelle vraiment, c'est d'avoir salué des gens qui passaient tous avec un air occupé, d'avoir enjambé des outils, des tuyaux, d'avoir senti cette odeur de peinture et une impression de froid bizarre. Puis je me suis retrouvée dans cette chambre. Qu'il faudrait sans doute que j'appelle « ma chambre ». Et j'y étais toujours. Je me suis levée et j'ai été doucement jusqu'au bord de l'immense escalier en bois. J'étais au second. Ma mère et Francesco avaient apparemment leur chambre en dessous. Et je ne savais pas où dormait Léo. J'ai regardé le couloir avec toutes ses portes closes, j'en ai compté huit, plus une petite au fond... Il y avait aussi un étage au-dessus. Bref, c'était immense. Et moche. Et sale. Et nul. Je ne savais même pas où était la salle de bains. Avec un peu de chance, on se lavait une fois par semaine ici, directement au puits ? Je suis descendue en faisant le moins de bruit possible, et surtout, en priant secrètement pour ne pas croiser Napoléon. En bas, dans ce qui faisait office d'entrée, de débarras, de future réception... personne. J'ai tourné à droite et je suis tombée sur une immense cuisine qui donnait sur une terrasse. Dehors, le soleil m'a aveuglé, je me suis avancée jusqu'au bord des dalles de pierres, et j'ai regardé autour de moi. Il n'y avait rien. Strictement rien pour vous accrocher le regard : derrière la maison, le jardin ressemblait à un immense champ indéfini. Puis la montagne tombait à pic vers la mer, qu'on voyait à perte de vue. Pas une plage à l'horizon, j'ai noté ça immédiatement... Pas une maison non plus. Juste le village, que j'apercevais à gauche, qui ressemblait à un petit tas rose posé sur l'eau. J'ai senti cette odeur bizarre, le fameux maquis réchauffé par le soleil, un mélange de résine, de fleurs, un truc étrange. Je me suis assise sur une chaise. Et j'ai essayé de me contrôler. Tout mon corps s'est mis à trembler, doucement, mais avec une intensité qui m'a fait peur. J'ai failli hurler quand un chat que je n'avais pas vu venir, s'est enroulé autour de mes jambes. Il ronronnait. Il était blanc et constellé de petites herbes, avec la truffe pleine de terre. Je l'ai pris dans mes bras en pensant à Boulette... En voilà une qui hallucinerait d'être là. Rien que sur la terrasse de la chambre de Mathieu, elle était prise de tétanie quand elle sentait l'air du dehors. Le chat s'est installé sur mes genoux. Le soleil tapait fort. C'est mon premier souvenir de Corse. J'ai eu la pensée très précise d'être extrêmement loin de tout.

CINQ

Elle s'appelle Joséphine. En fait. Et elle a clairement été ma première amie officielle ici. Après notre rencontre sur la terrasse, on s'est beaucoup rapprochées. Elle a même dormi avec moi la première nuit. Tant pis pour Francesco et ses théories comme quoi « les animaux sont faits pour rester dehors ». Cette petite chatte blanche a très vite su tout de moi, bien plus que n'importe qui ici, même ma propre mère, qui passait de toute façon tout son temps à écumer les boutiques de déco à Bastia. Les premiers jours dans la « maison du bonheur » – comme l'a appelé Jess' illico d'après mes descriptions – ont été plutôt calmes. Je ne m'en rappelle pas exactement. Je me souviens d'une atmosphère surtout, une sorte de silence permanent. Concrètement, pas étonnant, puisque je ne parlais quasiment à personne, Joséphine ne pouvant pas constituer une interlocutrice vraiment plausible. Ça ressemblait à une forme de routine. Je me levais péniblement vers 11 h, après avoir fait semblant de ne pas entendre ma mère qui venait à 9 h, puis 9 h 30, puis 10 h et enfin 10 h 30 en m'annonçant qu'elle partait. En réalité, j'attendais. Je savais qu'une fois ma mère en ville, Francesco occupé sur son chantier, Léo irait rejoindre des copains à la plage de la « Campinca », pas loin, et que donc, je serais enfin tranquille. Je prenais un thé sur la terrasse, Joséphine sur les genoux, et j'écoutais distraitement Mme Versini comme un fond sonore. Mme Versini, c'était tout un programme en soi. On me l'avait présentée dès notre arrivée : chignon, robe noire (quelle que soit la température), nez très long, petites lunettes. Officiellement, elle serait la comptable de l'hôtel, mais pour le moment, elle servait plutôt de cuisinière et d'aide-ménagère, même si elle passait son temps à lever les yeux au ciel en affirmant « qu'elle n'était pas payée pour ça ». Elle me beurrait tous les matins des tartines que je ne mangeais jamais. Elle me racontait aussi invariablement toutes les anecdotes du chantier, les ragots sur les délais non tenus, les ouvriers qui bâclaient soi-disant le boulot, mais aussi Léo qui avait failli redoubler, ou comment les gens du village condamnaient déjà le projet de Francesco. Petit à petit, j'ai décidé, sur les conseils avisés de Mathieu, de me mettre Mme Versini dans la poche. Elle savait tout. Elle espionnait tout le monde. Donc, elle pouvait servir ! C'est grâce à elle que j'ai appris une information primordiale : pour monter son fameux hôtel, Francesco s'était endetté jusqu'au cou ; en gros, si l'affaire ne marchait pas, il perdait tout. Le terrain et la maison lui appartenaient, mais il devrait vendre l'intégralité si le client ne se montrait pas dès la première saison. J'en ai immédiatement parlé à Jess' qui n'a pas hésité : si l'hôtel se cassait la gueule, adieu la Corse et retour à Paris.

— Tu proposes quoi, je fous le feu ?

— Pourquoi pas ?

— Tu sais, Jess', ce qui m'étonne surtout, c'est maman... Comment a-t-elle pu se mettre dans cette galère... ?

— Elle doit être amoureuse folle pour parier sur ce mec... Tu les sens en vrille, toi ?

— Je ne sais pas... oui... disons que c'est très différent d'avec mon père...

J'ai menti. Même si mes rapports avec ma mère étaient limités au strict minimum depuis notre arrivée, je sentais bien qu'elle était différente. C'était une chose presque indescriptible, cette nouvelle manière de rire que j'avais repérée à l'aéroport, ses cheveux toujours lâchés, plus jamais de maquillage, cette main sur lui, en permanence. Dans sa nuque, sur son genou, posée sur son bras à table, dans une distraite caresse. Je ne posais aucune question, mais j'essayais de recouper les dates. Depuis ce prétendu « salon de déco » où ils s'étaient rencontrés, combien de temps ? Combien de rendez-vous ? Léo m'avait dit la connaître depuis mars seulement, où elle était venue quatre jours. Je ne me souvenais plus de ce petit voyage... Elle avait dû nous mentir, à moins que mon père ait été déjà au courant. Curieusement, je n'étais pas dans une phase ado typique de rébellion, de jalousie, de haine contre Francesco par rapport à mon père. Juste, je découvrais ma mère sous un angle nouveau. Malheureuse, je me doutais bien qu'elle l'était, mais capable d'être heureuse, je ne l'aurais jamais imaginé. Surtout avec lui. Ce qui m'impressionnait aussi énormément, c'était sa capacité à se passionner pour ce fameux hôtel, ce projet complètement fou. Elle n'avait plus que ce mot à la bouche. Je l'entendais au téléphone, parler « pose de carrelage », « ristourne sur la peinture » ou « arrivée du béton ». Elle amenait du coca aux ouvriers, elle passait ses mains avec amour sur l'horrible crépi dans le couloir, elle entreposait ses trouvailles déco dans l'une des chambres, et je l'ai même surprise, en équilibre sur un escabeau, en train d'essayer d'accrocher des rideaux. Ma mère. Qui n'avait jamais travaillé de toute sa vie. Juste assez courageuse pour changer une ampoule quand vraiment ça la gênait, ou pour enfourner

63

une barquette de surgelés dans le micro-ondes. Je me suis souvenue d'une discussion que j'avais eue avec Mathieu, quelques mois auparavant : on parlait d'avenir professionnel en regardant le plafond de sa chambre, nos mains entremêlées, moi, le nez dans son cou... Je lui avais avoué que la pire des choses qui pourrait m'arriver serait de ressembler à ma mère. De finir oisive, entretenue, triste comme une belle couverture en lin blanc, celle qui trônait sur le lit en fer forgé années 30 de mes parents. Mathieu avait souri et dit : « J'aime bien ton côté implacable... » Je ne sais pas si c'était de la provocation, de la colère ou simplement de la trouille. N'allez pas tout confondre. J'aime ma mère, j'aime sa discrétion, sa pudeur, son cynisme détaché, ses cheveux blonds si différents de mes boucles brunes, sa façon de fumer des cigarettes mentholées et surtout, la rapidité avec laquelle elle comprend ce qui se passe en moi. Le moindre sourire, la plus petite réflexion que je fais, elle en tire une conclusion. Agaçante souvent, morale parfois, mais toujours juste. Et aujourd'hui, ici, ma mère devant son café, en jean avec un débardeur rose, les cheveux retenus par un pinceau presque sale. Son nouveau teint hâlé, ses mains débarrassées de toutes ses bagues. Un matin, elle était exactement comme ça quand je suis descendue. Elle n'avait fait aucun bruit et je me croyais seule. Elle regardait des photos, installée à la table de la terrasse. Je me suis assise en face d'elle avec mon thé. Mme Versini a pris Joséphine dans ses bras et a préféré s'éclipser, en prétextant « plein de travail en retard ». J'ai toujours bien aimé les gens qui expliquent tout haut ce qu'ils vont faire, qui justifient leur fuite discrète, au cas où on n'aurait pas deviné qu'ils désirent simplement vous laisser seuls, qu'ils ne veulent pas être mêlés à une discussion. Maman a souri en me tendant une photo. J'y ai vu une grosse maison rose, avec des volets bleus...

— On va refaire toute la façade comme ça...

— Super.

— C'est typique d'ici... cette couleur... les matériaux...

— Sans doute.

Elle a pris une cigarette, m'a regardée avec attention...

— Ça ne t'amuse pas du tout ?

— Quoi ?

— L'hôtel... l'ouverture, la création d'un endroit.

— Pas tellement, non.

— Tu devrais venir passer une journée à Bastia avec moi... Je te montrerais de jolis endroits...

— On verra...

— C'est dommage, que tu luttes comme ça, que tu veuilles à ce point ne t'intéresser à rien. Cet hôtel, c'est une aventure incroyable, tu pourrais être fière d'en faire partie.

— Et toi... tu es fière ? Ça t'intéresse vraiment à ce point, Maman ?

Elle a baissé les yeux. Regardé la mer. Reposé son regard sur moi.

— Moi, c'est différent. J'ai trouvé mon équilibre.

— Aubergiste ? C'est ton équilibre ?

Elle a rassemblé ses affaires, pris son sac et s'est levée sans un mot de plus. Elle a posé un baiser sur mes cheveux, comme elle faisait souvent. Elle a murmuré :

— À ce soir.

Puis sur le seuil de la cuisine, elle s'est retournée, avec un air un peu triste.

— Carla... je ne te forcerai pas. Je pensais que ça serait difficile, mais pas comme ça. J'espérais que tu donnerais une chance aux gens... que tu serais un peu généreuse, curieuse, je ne sais pas. Mais je ne te forcerai pas à vivre ici. Si c'est insupportable, on trouvera... quelque chose...

Elle est partie sans que j'aie eu le temps de réagir. J'aurais dû sauter de joie, après tout. On devait être arrivées depuis à peine trois semaines, c'était plutôt une victoire. Mais je me suis sentie bizarre, un peu vide. C'est difficile à expliquer, une sorte de moment de flottement. Un peu de honte, le son de sa voix, la déception dans son regard. Je n'ai jamais évoqué cet instant avec elle. Je n'en ai même pas parlé à Jess' ou Mathieu. J'ai gardé ça, peut-être comme une porte de sortie. J'ai continué, ce jour-là, comme si de rien n'était. Replongeant dans ma routine, celle que j'avais choisie ici.

Dans cette maison, vers 13 h, plus possible d'être tranquille, c'était le bordel intégral. Francesco débarquait dans la cuisine, les ouvriers faisaient leur pause, Napoléon et Luigi surtout, revenaient de leur ronde... J'ai fait hurler de rire Jessica en lui racontant les aventures de Luigi et Napoléon. Le vieux jardinier cinglé et son abominable chien jaune patrouillaient régulièrement sur ce que Luigi appelait « le domaine ». Non seulement, je ne voyais pas bien de quoi ils pouvaient se méfier dans ce trou perdu, mais surtout, si la maison et son terrain plein de ronces constituaient « un domaine », je voulais bien jeter Joséphine à la mer pour voir si elle flottait ! Bref. Tous les jours à 13 h, ils revenaient tous pour déjeuner ; et tous les jours, Napoléon faisait bondir la chatte de mes genoux en aboyant, puis la pourchassait sur la terrasse. Et quasiment tous les jours, j'avais cet échange presque mot pour mot avec Francesco :

— Mais qu'il la laisse tranquille ! Appelle-le !

— Ils jouent.

— Mais non... Il va lui faire mal.

— Ils se connaissent par cœur. Ils jouent. Tu déjeunes avec nous ?

— Non, merci, je vais descendre.

Fin de la discussion. Cet homme devait au mieux connaître une cinquantaine de mots. Et m'en avoir dit une vingtaine depuis que j'étais arrivée. Entre nous, c'était l'indifférence la plus totale. Bizarrement, il ne faisait aucun effort pour me parler, me demander quoi que ce soit, et comme moi non plus je n'avais aucune envie de m'approcher de lui, nos rapports étaient excellents. Je montais enfiler une robe, en gros, presque tous les jours la même, puisque je n'avais toujours pas défait véritablement mes valises. Je faisais une natte le plus vite possible. Je prenais mon portable et une serviette, et je disparaissais. L'escalier, le perron, enjamber Joséphine qui dormait dans l'herbe devant les marches, dire bonjour aux ouvriers, prendre la route et descendre au village. S'installer à la terrasse du café et enfin... téléphoner. Je passais les deux heures qui suivaient à parler sans m'arrêter. Jess' d'abord, puis Mathieu, ma grand-mère un jour sur trois, et mon père, à qui je laissais de temps en temps un message. Je m'installais à la table mi-soleil, mi-ombre, à droite. Près de l'arbre. Il n'y avait quasiment jamais personne dehors. Juste un vieux pêcheur, qui venait fumer une cigarette sans prononcer un mot. Moi, je mangeais un sandwich avec un diabolo citron. Sandwich coppa, fromage corse, un peu de beurre. Diabolo avec très peu de sirop. Tous les midis. Doumé le préparait, Léna me l'amenait. C'était le couple qui tenait le café. Objectivement ? Adorables. Au début, on ne parlait pas beaucoup, puis, un jour, j'ai quand même fait un compliment sur le fromage et la coppa, comme c'est typique d'ici, ça leur a sans doute fait plaisir, alors Léna m'a demandé :

— Vous êtes en vacances ?

— Oui... en gros, oui... Je suis avec ma mère.

— À l'hôtel ? Au camping ?

— Non, non, pas au camping...

Je m'étais instantanément promis de faire plus attention à mes fringues et mes cheveux. C'était la toute première fois de ma vie qu'on me soupçonnait de passer mes vacances au camping. Léna avait souri :

— Vous restez tout l'été ?

— À peu près... oui. J'habite chez Francesco...

— Francesco Amorosini ?

— Euh... là-haut, le chantier de l'hôtel.

— C'est ça ! Vous êtes la Parisienne... La fille de Soline ?

— Vous connaissez ma mère ?

Doumé l'a appelée brusquement, elle est rentrée dans le café en s'excusant. Ça m'a ennuyé qu'elle me sorte, comme ça, le prénom de maman. J'ai hésité à revenir, mais en même temps, il n'y avait qu'un autre café et il me plaisait moins. Il semblait plus chic, il faisait resto, aussi. Je me suis dit que j'en parlerais à maman et puis, je ne l'ai pas fait. Je n'arrivais pas à lui parler réellement depuis qu'on était là. Comme je n'arrivais pas à dire aux gens que, à priori, je n'étais pas en vacances, mais que j'habitais là. Ma mère avait dû simplement venir dans ce café, où aurait-elle pu aller ? Ce n'est pas comme si on avait l'embarras du choix. C'était parfaitement normal qu'ils connaissent son prénom. C'est juste que j'avais trouvé un endroit un peu à moi, où je n'avais encore jamais vu ni

Francesco, ni Luigi, ni Léo, ni personne. Mais ça devait être un coup de bol, le seul café sympa du village, tout le monde devait le connaître. Quelques jours plus tard, c'est Doumé qui m'a posé d'autres questions, sur l'état d'avancement du chantier :

— Je crois que ce sera fini bientôt... Il ouvre au printemps.

— C'est seize chambres, c'est ça ?

— Je crois. Je ne sais pas.

— Ben, dites-moi, ça n'a pas l'air de vous passionner beaucoup...

NON. Non, ça ne me passionne pas beaucoup, je sais, je suis insensible, égoïste et fermée. C'était une véritable coalition, tous ces gens qui m'en voulaient de ne pas m'investir dans cet hôtel, ou quoi ? Et comme si elle avait senti mon agacement, Léna est venue s'asseoir avec moi, le même jour, à la fin du repas. Elle avait des figues dans une assiette.

— Tiens, goûte, c'est du jardin...

— Merci.

— Tu n'es pas heureuse ici, hein ?

Et allez. On se faisait bien du souci pour ma

petite santé, finalement. Je me suis sentie rougir. La question était nette, je ne l'avais pas vue venir. Surtout de sa part à elle, que je voyais tous les jours ou presque depuis mon arrivée, mais que je ne connaissais pas. J'ai rejeté mes cheveux en arrière, geste typique de ma gêne, et j'ai souri :

— Mais si... pourquoi ?

— C'est normal, pas besoin de te justifier... mais je pense que tu t'habitueras.

— Est-ce que j'ai le choix ?

— On a toujours le choix, Carla. Si tu restes là, c'est que tu le veux bien !

J'ai repensé à la conversation avec ma mère, sur la terrasse, ce qu'elle avait dit, qu'elle « ne me forcerait pas ». Après tout, oui, peut-être que j'avais le choix. Peut-être aussi que maman avait discuté avec Léna. Peut-être que je me rêvais prisonnière, mais qu'au fond j'étais libre. Peut-être même que tout le monde avait envie que je parte, aussi. J'ai regardé Léna, elle a passé son bras autour de mes épaules, j'ai préféré mentir, résumer, raccourcir...

— Je crois que vous n'êtes pas au courant de

tout. Ma mère va vivre ici et elle ne m'a pas demandé mon avis, c'est comme ça.

— Peut-être que c'est plus compliqué que ça...

— Plus compliqué ?

— Donne une chance à l'île...

Une chance aux gens, une chance à l'île ? Je me suis sentie mal à l'aise, des ondes bizarres, soudain. Le vieux pêcheur a toussé, à côté de nous. J'ai regardé Léna, elle a baissé les yeux. Et puis mon portable a sonné. J'étais tellement habituée à ne plus l'entendre que j'ai bondi sur ma chaise. Je n'arrivais pas à appuyer sur la touche, et ma sonnerie retentissait dans tout le village. Le vieux pêcheur m'a souri, et une dame au balcon en face a commencé à regarder partout d'où venait la musique... J'avais une sonnerie mp3 d'une chanson de Robbie Williams. Léna s'est levée brusquement et j'ai voulu lui dire de rester en prenant son bras, mais elle s'est dégagée. J'ai enfin réussi à décrocher, c'était Jess, et j'ai chuchoté :

— Allô ?

— Carla ? Qu'est-ce que c'est que cette voix, c'est le couvre-feu ou quoi ?

— Je suis au village, ça résonne...

— Au « village » ! J'adore ta nouvelle vie !

— Oh, ça va, hein, je t'en prie ! Il pleut toujours en Bretagne ?

— Évidemment !

— Jess', j'ai rencontré une femme ici, elle tient le café, elle est bizarre... J'étais en train de parler avec elle justement. J'ai l'impression qu'elle essaye de me dire un truc...

— Tu lui dois de la thune ?

J'ai souri. Qu'est-ce qu'elle me manquait ! Elle passait le mois de juillet chez ses grands-parents à côté de Morlaix. Normalement je venais au moins une semaine, mais cette année... on n'en avait même pas parlé. Je racontais mes journées à Jessica, tout ce qui se passait de drôle ici : les crises de Mme Versini, les grandes phrases de Luigi (du style : « Tiens, il se lève de l'ouest... » en parlant du vent), les échantillons de tissu pour les chambres que ma mère ramenait tous les soirs, et la tronche de Francesco quand elle parlait de « prune divin pour le canapé » ou de « coquille d'œuf pour le mur porteur »... Je lui décrivais Léo en long et en large, elle en était déjà folle amoureuse, même si je l'avais prévenue de son côté « Je ne mets jamais de chaussures et je suis né dans un arbre. » Je lui envoyais des photos de Joséphine avec moi, ou de la maison, que j'appelais « ma ruine ». Elle, en échange, m'imitait sa mère qui répétait que j'avais « beaucoup de courage », comme si je venais de partir avec « Médecins sans frontières ». Elle me rassurait aussi sur l'état de Mathieu (en me confirmant qu'il était bien triste à mourir), elle faisait des blagues sur tous ceux qu'elle ne connaissait pas ici (sa cible préférée restait Francesco, rebaptisé : Joe le Taciturne). Oui, c'était ça, faire comme si tout était normal. On s'appelait tous les jours, comme d'habitude, sans se demander ce qui se passerait en septembre, sans oser en parler, sans poser de questions. Pour le moment, c'était donc : juste les vacances. Aussi étranges qu'elles puissent paraître... Se dire qu'on ne se reverrait pas au lycée, à la rentrée, que tout avait vraiment changé, c'était impossible. Trop dur. Trop tôt.

Jess' ne faisait aucune allusion au futur et moi non plus. Au début, j'avais bien expliqué à Mathieu et Jess' que je faisais mon possible pour être odieuse, mais que personne ne semblait s'en soucier. Je n'avais pas de prise, ni sur ma mère, ni sur personne. Odieuse ou charmante, j'avais de toute manière l'impression de ne pas exister ici. J'étais juste « la Parisienne ». La Parisienne qui fait la gueule, et dont tout le monde se fout. Et maintenant... les choses avaient peut-être un peu changé. Peut-être que Léna avait raison : quelque part, je ne me battais pas assez, ni dans un sens, ni dans l'autre. J'avais raccroché en promettant à Jess' de faire mon possible pour venir à l'anniversaire de Mathieu : Bastia-Nice, un vrai saut de puce ! Je n'en avais pas reparlé à maman, mais à priori, ça ne devait pas poser de problème. En allant payer, j'ai croisé le regard de Léna. Doumé nous fixait aussi toutes les deux, avec un air bizarre.

— Ma mère... vous la connaissez bien ? Elle vous a dit quelque chose ?

— Non, mais elle vient souvent le matin... et

77

je sais qu'elle s'inquiète pour toi. Elle ne sera pas bien ici, si toi tu ne l'es pas, c'est normal, non ?

— Et à part ça, elle ne vous a rien dit... ?

Doumé s'est mis à rire, légèrement nerveux :

— Tu peux faire confiance à ma femme quand il s'agit de discuter... À demain, alors ?

L'après-midi, j'allais m'installer sur la crique à côté du village, Léna me l'avait indiquée : en marchant depuis le port sur les galets, je passais devant la Tour, au bout de la jetée. La fameuse tour en ruines dont Mme Versini parlait comme d'une « fierté du village ». C'est pour dire où ils en sont, ici. Pas de Zara, un seul café potable, pas de cinéma, ni de bibliothèque, un camion qui passe pour le poisson, mais bon, un tas de pierres avec un escalier écroulé, c'est la fierté locale ! J'aimais bien la crique, même si la première fois, les galets m'ont fait mal partout. Il n'y avait jamais beaucoup de monde, juste cinq ou six personnes qui ne faisaient pas de bruit. Ma mère m'avait dit un matin que, dès septembre « il n'y aurait plus un chat nulle part », en croyant me faire plaisir ! Les premiers temps, je passais donc mes après-midi à la crique, à nager et à réfléchir. L'eau est assez incroyable, d'une transparence que je n'avais jamais vue sur la Côte d'Azur. Je pouvais nager super loin sans avoir peur des algues (je suis phobique des choses qui vivent dans l'eau sans bras). Ensuite, j'ai trouvé mon rocher. Un gros rocher gris, presque plat, et pas loin du bord. Je m'y installais pour faire la sieste, bronzer, lire... Le seul truc ennuyeux, c'est que le réseau du portable était définitivement perdu dès qu'on s'éloignait de la place du village. Pendant ces moments-là, je retrouvais une forme de bonne humeur, je me sentais protégée et libre. Je trouvais étrange mon nouveau goût pour la solitude. Même si j'ai toujours eu l'habitude de rester seule : fille unique, un père chirurgien esthétique débordé, une mère neurasthénique... Concrètement, j'ai toujours eu le souvenir d'avoir été seule, à la maison, en vacances. Sur beaucoup de photos de vacances, d'ailleurs, je lis. Derrière, en fond, les pyramides, des plages sublimes, Rome ou Mexico. Je ne suis pas très bande. Je sais que je n'ai pas réellement besoin des autres. Même si je les aime profondément, même s'ils me manquent, je sais que ce n'est pas une nécessité vitale. C'est peut-être pour ça, au fond, que cela n'a pas été si dur, les premiers temps à Erbalunga. Même quand Jess' m'envoyait justement des texto qui finissaient comme ça : « J'espère que ce n'est pas trop dur... », cela me faisait sourire.

Et puis, je me rappelle une journée précise, quelque temps après ma conversation avec Léna. Une journée comme les autres, qui a pourtant changé quelque chose. Je nageais sous l'eau en essayant de ne pas reprendre mon souffle toutes les quatre secondes. J'avais les yeux ouverts malgré le sel, j'ai vu un banc de minuscules poissons multicolores que j'ai poursuivi. Et quand je suis remontée sur mon rocher, Léo était assis en tailleur sur ma serviette. Je n'ai pas eu le temps de composer une attitude ou une réflexion. Alors, j'ai simplement souri. Il m'a tendu la main pour m'aider à monter. Le rocher était petit, on s'est retrouvés assez serrés. Il m'a tendu un petit sachet en papier :

— Tiens, c'est pour toi.

J'ai retourné le sachet sur ma main mouillée : une petite chaîne argentée est tombée. Au bout se balançait un pendentif en argent aussi... La Corse. Léo avait exactement la même autour du cou. J'ai regardé le bijou sans savoir quoi dire.

— C'est un peu un cadeau de bienvenue, tu n'es pas obligée de la mettre...

— Merci...

J'ai rangé la chaîne dans le panier, sans un mot. Léo s'est allongé sur ma serviette en s'appuyant sur les coudes, j'ai poussé mon livre pour éviter qu'il l'écrase. Une photo de Mathieu (mon marque-pages) en est tombée, il l'a rattrapée juste avant qu'elle ne finisse dans l'eau... Il me l'a rendue sans la regarder.

— C'est ton copain ?

— Euh... oui.

— Il va venir te voir ?

— Non... moi, je vais aller le retrouver à Nice. La semaine prochaine.

— Tu as trop honte qu'il vienne ici ?

— Pas du tout, c'est simplement prévu comme ça.

Il m'a fait un de ces sourires dont il a le secret. Au début, je pensais que c'était une forme d'idiotie béate chez lui, un truc systématique. Finalement, en l'observant, j'en ai déduit que ce sourire représentait plutôt une forme d'humour ; au lieu de lancer une réflexion cynique, il souriait...

— Qu'est-ce qui te fait rire ?

— Rien... tu devrais changer de coin, c'est pas terrible ici. Tu peux prendre un vélo ou le solex à la maison...

— Je suis bien ici...

Il a carrément éclaté de rire.

— T'as l'air !

— Contente de te faire autant rigoler.

— Hé, stop ! Je suis venu en ami. Je te dis juste que si tu veux voir d'autres plages, je te montrerai. Mais si tu veux passer ta vie sur ce rocher, tu peux aussi... Tu sais, on a compris...

— Quoi ?

— On a tous compris, Carla, on n'est pas débiles. Enfin, pas autant que tu le penses... Tu n'es pas bien ici, tu ne voulais pas venir, tu détestes, tu t'ennuies, tout ça... OK. Maintenant, pour nous non plus, c'est pas si simple, toi et ta mère...

— Moi et ma mère ?

— Ta mère qui vient habiter ici, qui dirige l'hôtel dont on rêve depuis des années, qui installe des cendriers en porcelaine partout genre magazine de déco, qui demande à Luigi de couper la lavande, qui ébouriffe mes cheveux comme dans un film américain.

J'ai souri en revoyant ce geste que maman faisait effectivement dès qu'elle le croisait dans un couloir. Il a pris une grande respiration, il avait une voix différente, un peu plus grave que d'habitude. De toute façon, je ne l'avais jamais autant entendu parler.

— Moi aussi, ça me fout les boules, ça change un peu ma vie, tu vois... C'est pareil. J'ai rien demandé à la base : mon père a rencontré l'amour, a décidé que tout le monde allait vivre ensemble ici, chez moi, et son amour a emmené sa délicieuse fille dans ses bagages. Point. Après, c'est à nous de voir : soit on rend ça encore plus atroce, soit on fait avec et... on se dit bonjour le matin, et, donc, on se montre des plages.

— C'est moi qui rends les choses plus atroces ?

— Arrête d'être sur la défensive. Tu as décidé de la jouer comme ça, c'est ton droit. Franchement, ma vieille, ça ne va pas m'empêcher de dormir que tu ne me parles pas... Mais on pourrait simplement communiquer, sans pour autant se rouler des pelles.

Sourire provocateur. Il s'est levé et a remonté son maillot informe qui était descendu jusqu'à la moitié de ses fesses. J'ai détourné les yeux. Il a plongé juste devant moi. Pas une éclaboussure, une perfection de plongeon. Il est ressorti facilement cinquante mètres plus loin. Avec un air d'attendre quelque chose...

— Tu veux que je te lance une balle ?

Il a ri. Je suis descendue dans l'eau et on a nagé, parlé un peu des poissons, du vent, et des plages des alentours. J'ai dit d'accord pour en voir d'autres. C'était le début...

SIX

La conversation avec Léo n'a pas changé ma vie là-bas, mais l'a modifiée, disons. J'ai débriefé le lendemain avec Jess' au téléphone. Elle était d'accord : le garçon était innocent. Il subissait, comme moi. Même si on était persuadées quand même que c'était plus facile pour lui que pour moi. Il était né dans ce trou après tout, il connaissait tout le monde, il avait ses repères, ses amis, sa maison... Je n'ai pas décidé de devenir sa copine du jour au lendemain, j'ai simplement pris en compte sa présence. Jess' avait même insinué qu'il fallait s'en faire un allié. Alors, j'ai obéi à sa suggestion. Deux jours plus tard, après ma pause chez Doumé et Léna, on est allés se balader sur son vieux solex pourri, pour qu'il me montre ses fameux coins : sur environ dix kilomètres après Erbalunga, presque jusqu'à Pietracorbara, un autre village, il n'y avait quasiment rien. Des criques, du maquis, et la route, qui serpentait entre la montagne et la mer, à des hauteurs parfois vertigineuses. J'avais le souffle coupé dans les descentes, presque l'impression de m'envoler. On s'est arrêtés sur une petite plage avec du sable et un arbre presque couché dans l'eau turquoise. Pour y accéder, il a fallu crapahuter dans un petit chemin, plein de pierres et de ronces. Léo m'a aidée, les yeux brillants d'excitation.

— Tu ne dis à personne que tu connais ce coin. Enfin, surtout pas comment y venir...

— C'est tellement loin... et petit... de toute façon, y'a pas de place pour plus de trois, quatre personnes, non, sur ta sublime plage ?

— C'est ça le vrai luxe, mademoiselle la Parisienne, le vide, pas la foule !

Je me suis jetée dans l'eau. En deux mouvements de crawl, Léo était cent mètres devant moi.

— C'est plus beau que les Seychelles...

Je l'ai regardé plonger à nouveau. Comme s'il avait déjà été aux Seychelles... Je me suis souvenue de ce Noël avec mes parents. Aux Seychelles. Un hôtel de bungalows hyper chics sur une île privée. On avait notre portion de plage rien qu'à nous. En dix jours, on n'a vu personne. Je me suis ennuyée comme jamais. J'ai regardé la couleur de l'eau autour de moi, c'est vrai qu'il y avait une similitude. J'ai accéléré ma pauvre brasse pour le rattraper. Je n'ai pas passé une mauvaise journée. On est rentrés pile pour le dîner. Ma mère a failli tomber de sa chaise en nous voyant arriver tous les deux dans la cuisine. C'était assez drôle.

Début août, ici, la nuit tombe tard, jusqu'à 22 h, le ciel est rose et il fait clair. D'habitude, seule, je traînassais en regardant le soleil tomber, je m'arrangeais pour rentrer vers 21 h 30. Même si je m'ennuyais à mourir, il fallait que je tienne. Être en retard tous les soirs devait demeurer mon rituel immuable. Arriver dans la cuisine, échevelée, pleine de sel, encore en maillot, et les voir tous lever le nez de leurs assiettes, c'était un moment énorme. En même temps, au bout de quelques jours, ils avaient pris l'habitude. Pour la forme, maman essayait encore de râler. Mais Francesco se contentait d'un « Bonne journée ? », sans me regarder et sans attendre une réponse qui n'est d'ailleurs jamais venue, et Léo me passait les plats lui aussi sans un mot, juste avec son fameux sourire. Mme Versini, puisque c'était toujours elle qui parlait, continuait son monologue du moment. Joséphine montait sur mes genoux, ma mère râlait : « Pas le chat à table. » Et voilà. Mais après ma première escapade avec Léo, j'ai essayé de rentrer à l'heure. Pour faire diversion. Il fallait les surprendre tout le temps pour qu'ils ne s'habituent à rien. À table, de toute façon, c'était toujours mortel. On ne parlait que de travaux et de délais... Moi, je mangeais vite, en silence, je montais me doucher rapidement et je m'allongeais sur mon lit. Normalement, c'était à cet instant. Le cafard qui me tombait dessus sans prévenir, le manque, l'envie de parler à Mathieu, enfin, non, l'envie qu'il soit là, de le sentir, de le toucher. Les jours passaient, les semaines, loin. Le lit grinçait quand je me tournais pour sangloter dans l'oreiller. Je n'aurais pas supporté que quelqu'un m'entende pleurer. Et puis, petit à petit, j'ai commencé mes rondes. Comme Luigi. Souvent, Francesco et maman regardaient un film en bas, dans le salon, et Léo était sorti, je ne sais où... Alors, quand j'entendais le son de la télé bien fort, je sortais de ma chambre pour une petite exploration nocturne. J'ai vite fait le tour : des chambres en chantier partout, toutes sur le même modèle, peintes à la chaux, avec un lit, un bureau, un fauteuil, un lavabo, un miroir, le tout entassé pour le moment dans les couloirs. Maman m'avait expliqué qu'il y aurait une salle de bains pour trois chambres. C'était plus une ambiance « gîte rural » comme j'aimais le répéter devant Mme Versini qui détestait cette appellation. Au premier étage, il y avait la chambre nuptiale : celle de maman et son nouvel amoureux. Au troisième, celle de Léo, où je m'aventurais rarement, de peur de devoir engager une grande conversation sur toutes les balades qu'il pouvait avoir encore envie de faire en solex sur la route de la mort... Surtout que

Napoléon dormait souvent devant sa porte, comme un vieil édredon de poils posé dans le couloir. Mais ce que je préférais dans mes rondes, c'était clairement le dernier étage. Un quatrième niveau avec un escalier en colimaçon, qui changeait complètement du grand escalier en bois des trois autres étages. Là, trois portes, toujours fermées. Et quasiment tous les soirs, comme un rituel, j'essayais silencieusement de tourner les poignées, mais rien ne s'ouvrait. Jess' avait décrété que Joe le Taciturne devait y avoir enfermé toutes ses anciennes femmes, façon Barbe-Bleue. Sur le coup, ça m'avait fait rire, mais la nuit, lorsque je m'aventurais dans le petit escalier sombre, je n'aimais pas trop y repenser. Et puis, un soir, début août, je suis montée comme d'habitude, jusqu'au quatrième. Les portes closes, comme toujours, mais il y avait une drôle d'odeur, un genre de truc brûlé un peu inhabituel... J'ai saisi la première poignée devant moi et, au moment où je la tournais tout doucement, j'ai senti qu'elle bougeait. En une fraction de seconde, j'ai vu le rai de lumière sous la porte et elle s'est ouverte brutalement. J'ai failli m'étaler de tout mon long à l'intérieur de la pièce. Je me suis retrouvée face à un grand mec d'environ deux mètres, torse nu, en jean, une cigarette au bec. Le hurlement est sorti de ma bouche comme un automatisme, mais lui, a été encore plus rapide que moi, il m'a plaqué une main sur la bouche et m'a tirée à l'intérieur de la pièce en refermant la porte de sa main libre.

Paralysée par la peur, j'avais arrêté de crier et je restais complètement immobile. Le garçon a retiré tout doucement sa main, puis m'a fixée droit dans les yeux.

— Ça va pas de gueuler comme ça !

— Qu'est-ce que... qui... comment vous êtes...

— Je t'ai fait peur ?

— Non...

Il avait un accent corse à couper au couteau. Je reculai le plus discrètement possible vers la porte. Il n'avait pas l'air dangereux. Ni cinglé. Juste un otage de Francesco, peut-être ? Ou un ouvrier qui avait décidé de dormir là ? Il me souriait maintenant, en se laissant tomber sur un lit.

— Tu cherches Léo ?

— Non.

— On va au château, tu viens ?

— Où ?

— Carla ?

La porte venait de s'ouvrir à nouveau, Léo me regardait en répétant mon prénom comme s'il avait vu un fantôme. Bizarrement, il n'avait pas l'air d'être du tout surpris face à l'apparition en jean, qui était maintenant en train d'enfiler un tee-shirt, en s'allumant une autre cigarette. J'ai senti qu'il était temps de comprendre et je me suis tournée vers « l'étranger ».

— Vous êtes qui ?

— Mathias...

Il me tendait la main... je n'ai pas bougé...

— Un pote de Léo. Je vais bosser ici comme cuistot... On s'est déjà croisés... J'aide mon beau-père, il est ouvrier ici...

— Ah... bon... je sais ... plus... vous dormez ici ?

— On se tutoie, chérie !

— D'accord. Tu... c'est ta chambre ?

— Non, c'est un prêt... laisse tomber. On y va ?

Léo continuait à me regarder d'un air ennuyé. Il a même pris discrètement la cigarette de Mathias pour l'écraser dans le cendrier. Puis il a ouvert doucement la porte. Je commençais juste à me détendre et à regarder autour de moi : c'était une grande pièce avec la fenêtre ouverte sur un balcon, il y avait un bureau avec un ordinateur et plein de papiers, une armoire ouverte qui renfermait un amoncellement de fringues. La lumière venait de la salle de bains, que je voyais, derrière le lit. Au fond de la chambre, il y avait une cheminée. Cela devait faire des jours et des jours que Mathias squattait là sans que personne ne le sache. À la réflexion, c'était la plus jolie chambre de la maison. Léo a toussé doucement en me montrant la porte...

— Tu peux y aller... Mais ne fais pas trop de bruit, Papa déteste qu'on vienne ici...

— Il ne sait pas que Mathias dort là ?

Il n'a pas répondu. Mathias est sorti, et moi derrière lui. Léo nous a regardés avec un doigt sur les lèvres. Il a refermé la porte et sorti une clef de sa poche avec laquelle il a fait trois tours. Mathias s'est marré...

— Ça va, il dira rien.

— Il dira rien parce qu'il saura rien... je te conseille de la fermer !

Ils ont commencé à descendre l'escalier en colimaçon le plus doucement possible. Je fermais la marche, le cœur battant. J'avais l'impression de me retrouver parachutée au cœur d'une aventure du *Club des 5*. Je n'osais pas dire un mot, et je me contentais de les suivre. Léo s'arrêtait toutes les deux marches comme si nous étions poursuivis par les services secrets. On est arrivés au deuxième. Joséphine miaulait devant la porte de ma chambre. Léo a râlé contre elle, et s'est retourné vers moi...

— Tu la boucles, hein ?

— Oui, t'inquiète.

— Bonne nuit...

Il a continué de descendre l'escalier, Mathias, lui, est resté immobile, en me regardant :

— Tu vas te coucher ?

— Euh... non...

— Ben, viens !

— Au château, c'est ça ?

J'ai vu Léo faire « non » de la tête et ça m'a fait sourire. Je n'ai jamais autant aimé aller là où on n'avait pas envie que je vienne. J'ai souri le plus joliment possible à Mathias.

— Je viens !

On est passés devant le salon sur la pointe des pieds et, deux minutes plus tard, on était dehors. Léo a traîné le vieux solex avec précaution jusqu'au bout du chemin. Une mob en plus piteux état encore était cachée dans un buisson. Mathias m'a désigné les deux engins agonisants :

— Tu choisis.

Je me suis installée « en amazone » derrière Léo. Il avait l'air tendu. J'ai mis une main sur son épaule.

— Tu sais, ce n'est pas la peine de faire si attention, on peut quand même sortir, il est même pas minuit... À Paris, je rentrais à 3 h du mat', ça dérangeait personne...

— Tant mieux pour toi ...

— Ma mère n'est pas chiante avec ça. T'as peur que ton père le dise à la tienne ?

— Vu que ma mère est morte depuis cinq ans, son avis me fait plus trop flipper.

Il a démarré. Mathias aussi, et je n'ai plus dit un mot. D'abord parce qu'ils faisaient un tel boucan que c'était impossible, et puis, quelque part, j'avais un peu honte d'avoir passé presque un mois et demi près de Léo sans avoir su pour sa mère. Une drôle de pensée m'a traversé l'esprit : mieux vaut une mère chiante qu'une mère morte. On a roulé pendant quelques minutes, il faisait nuit noire, et les phares éclairaient à peine. J'étais encore en maillot, avec ma petite robe de plage et mes espadrilles, mais je n'avais pas froid. Avec le vent, mon élastique s'est détaché et mes cheveux ont commencé à voler partout. Je m'agrippais à la taille de Léo. Je scrutais l'obscurité en attendant de voir apparaître le fameux « château ». Soudain, on a tourné à gauche, puis j'ai vu des lumières. Mathias, qui roulait devant, a fait signe qu'on ralentisse. Je voyais mal, quelques maisons, une église, on a croisé une pancarte qui disait : « Notre Dame des Neiges », Léo s'est tourné vers moi :

— Castell'u...

— Quoi ?

— Ici, Castell'u...

Il hurlait, je sentais son souffle sur mon nez, j'ai reculé un peu la tête.

— Castelou ?

— Non ! Castel', ça suffit. Arrête de prononcer les voyelles si fort en fin de mot, ça fait *pinzute*...

— Quoi ?

On a tourné encore, dans un chemin de terre qui montait. Les secousses étaient violentes, je me suis accrochée plus fort. Léo s'est tourné vers moi...

— *Pinzute* ! Continentale, Parisienne, bourge... tu vois ?

— Oui, oui... regarde devant !

Le « château » était en réalité une vieille ruine au bout du chemin. Une grosse ruine, mais bon, un truc écroulé quand même. Mathias était déjà là, il s'allumait une cigarette. Il m'a regardé arriver en souriant.

— C'est bien les cheveux comme ça. Tu fais moins coincée.

— Tu fumes en permanence par plaisir, ou pour te donner une contenance ?

— OK , miss, relax...

Lui, il commençait à me fatiguer sérieusement avec ses airs de cow-boy. J'ai suivi les garçons à l'intérieur, si on peut parler d'un intérieur quand il n'y a ni vraiment de murs, ni vraiment de toit. On s'est installés sur un petit muret. Léo a été fouiller dans un coin et en a sorti un vieux poste radio-CD, avec même un compartiment pour les cassettes ! Il y avait aussi une couverture, une bouteille de quelque chose d'indéfinissable, des bougies, des verres, des CD... J'ai éclaté de rire :

— Vous venez souvent ? C'est comme votre cabane...

— Ouais, c'est ça. On emmène les filles aussi, pour leur faire des bisous.

Mathias m'a fait un clin d'œil en disant ça. Il me tendait un verre.

— Je bois pas d'alcool.

— Eh ben, t'as l'air festive, toi, comme nana...

— Désolée de ne pas avoir envie de me bourrer la gueule en pleine nuit en écoutant I Muvrini.

C'était le seul nom de groupe polyphonique corse que je connaissais. Léo a soupiré.

— I Muvrini ? Bonjour les clichés...

Dix minutes plus tard, on écoutait un truc assez étrange... Ils avaient emmené de l'électro et le dernier album de Placebo que j'adorais, mais du coup, grâce à mon allusion débile, ils voulaient absolument me faire découvrir un groupe polyphonique local. Au début, j'ai trouvé ça épouvantable, et puis, avec mon verre de liqueur de châtaigne, les étoiles au-dessus... J'ai commencé à penser à Mathieu, et à trouver les chants plutôt romantiques. Mathias m'a passé la couverture en me voyant frissonner, sans même faire une blague. Je lui ai souri.

— Pourquoi vous ne dites à personne que vous venez ici ?

— C'est pas ça le problème... c'est de t'y avoir emmené... papa n'apprécierait pas.

— C'est ton père qui décide pour moi, d'après lui ?

— Il m'a dit de te foutre la paix, que tu prenais ton temps.

Mathias l'a coupé en s'allumant encore une clope.

— Il a surtout peur qu'on se mette à trop te parler.

— Me parler de quoi ?

— Mathias, c'est bon...

Léo avait un ton autoritaire que je ne lui avais même pas imaginé pouvoir prendre. Je me suis redressée d'un coup.

— Me parler de quoi, Léo ?

— Mais de rien... des conneries... il se fout de toi.

Je n'ai pas insisté. On est restés là, à parler, à regarder les étoiles... C'était ma toute première soirée ailleurs que dans ma chambre. Je me suis sentie soulagée. Ça n'avait rien à voir avec Paris, ça, bien sûr, mais c'était une forme de retour à la civilisation. À un moment, j'ai voulu allumer une bougie, mais Mathias a arrêté ma main brutalement.

— Non. Trop de vent.

— C'est juste une bougie, on ne risque rien.

— Autour c'est le maquis, ça va vite.

— T'es pompier ?

— Mon père l'était. Avant de mourir en essayant d'éteindre la connerie de quelqu'un.

Je l'ai pris en pleine gueule. Son père était mort dans un incendie près de Bonifacio, dans le Sud, deux ans auparavant. Il m'a raconté les choses assez sommairement, sans vraiment d'émotion. Je ne posais pas de questions. J'écoutais simplement, en jouant avec la bougie éteinte. Léo a fini par conclure :

— Le feu ici, c'est un gros problème. Faut vraiment faire gaffe.

— Je suis désolée, Mathias.

— Ça va. Je suis un peu chiant avec ça. J'ai été élevé dans la terreur des flammes. Ma mère, elle voit un début d'incendie, elle se met à pleurer. Même dans une cheminée.

— Et les cigarettes ?

— Elle sait pas que je fume. Mais la clope par-dessus la portière, c'est la première cause d'incendie ici. Je les étranglerais les connards qui font ça.

On est rentrés à trois heures, la maison était

noire. Mais à peine on avait posé un pied dans l'entrée que la lumière s'est allumée. Francesco se tenait devant nous, Napoléon à côté de lui. Il nous a regardés sans rien dire. Léo a commencé à bafouiller...

— Tu dors pas ?

— Si, profondément.

— Papa... on était au château... on lui a montré l'église et...

— Ça va, te fatigue pas. Carla, va embrasser ta mère, elle est inquiète...

Je jouais avec mes cheveux sans répondre. Ce ton qu'il avait m'exaspérait : ni fâché, ni anxieux, juste neutre. Il a regardé Mathias.

— Je préfère que tu prennes une chambre au premier, quand tu dors là... et que t'appelles ta mère aussi. Vous n'avez plus sept ans, OK ?

— J'ai touché à rien... je lui dirai.

— Bonsoir... les jeunes...

Il est monté sans un mot de plus, l'horrible chien sur ses talons. On a suivi tous les trois silencieusement. Devant ma chambre, j'ai dit bonsoir à Mathias qui a continué dans l'escalier avec un air beaucoup moins sûr de lui qu'avant. Léo allait le suivre, je l'ai arrêté.

— Hé ! C'est la chambre de qui là-haut ? Du pape ?

— Ça t'intéresse, hein, ça ?

Je n'ai même pas eu le temps de répondre qu'il était déjà monté. Je suis rentrée dans ma chambre, énervée, et j'ai allumé ma bougie « Orange-Cannelle ». Joséphine dormait déjà, elle a ouvert les yeux d'un air inquiet... Qu'est-ce que c'était que ces histoires de chambre, ces allusions au fait de ne pas trop pouvoir me parler ? Qu'est-ce que c'était que cette famille de barges ? En me lavant les dents, j'ai croisé brutalement mon reflet dans la glace : j'étais tellement bronzée que mes yeux semblaient bleu fluorescent. Mes cheveux faisaient des paquets de boucles jusqu'à mes fesses, y'avait des brins d'herbe dedans, et un nombre de nœuds hallucinant ! J'avais toujours ma vieille robe blanche trop courte, mon maillot bleu turquoise en dessous, des éraflures plein les jambes et mes espadrilles grises déjà trouées. On aurait dit quelqu'un d'autre. Je me suis souri. Léo est brusquement entré. J'ai sursauté.

— Frappe, bon sang !

— Pardon.

— Qu'est-ce que tu veux ?

— La piaule, c'est celle de mon frère, pas de quoi gamberger !

Je suis restée sans voix. Sa mère... et maintenant un frère.

— Il est mort ?

Léo m'a regardé en riant.

— Non, il est en vacances ! Pourquoi tu dis ça ?

— Je sais pas... pardon, c'est juste que t'en parles jamais... Ma mère non plus... Je savais pas...

— Tu poses jamais de questions, Carla, en tout cas, jamais les bonnes !

— Il a quel âge ?

— Vingt, bientôt vingt et un.

— Et il...

— Greg. Gregory. Il revient bientôt...

SEPT

J'ai très peu dormi cette nuit-là. J'ai finalement décidé de défaire mes valises. J'ai installé mes fringues, branché mon IPOD et mes enceintes, accroché mon affiche de *Jules & Jim*, posé des photos de Mathieu sur la table de nuit, mis un paréo sur le bureau, allumé de l'encens... À 5 h du mat', on aurait presque dit un endroit agréable. Je me suis levée à peine trois heures plus tard, je suis descendue tôt pour parler à ma mère. Manque de bol, elle était sans doute déjà partie pour un énième rendez-vous à Bastia. Mme Versini n'était même pas là. La cuisine : un vrai désert. Je me suis retrouvée face à un mot et un dossier sur un coin de table.

« 8 h, je file, voici le dossier de ton inscription en Première L, plus tes billets d'avion. On en parle ce soir, ton père appelle vers 20 h. Bacci. Maman. »

J'ai ouvert le dossier doucement. Mon inscription à remplir pour le lycée à Bastia, plusieurs formulaires, un règlement intérieur... et un billet d'avion. Bastia-Nice, du 16 au 22 août. Après-demain. Cinquante-cinq minutes simplement, et j'allais les retrouver ! Mon cœur s'est mis à battre plus vite. J'ai commencé à me faire un thé, à chantonner, et Francesco est entré. Il s'est instantanément figé en me voyant.

— T'es tombée du lit, Carla !

— Je voulais voir maman...

— Elle est...

— Je sais. J'ai vu le mot.

Il a repéré le billet d'Air France sur la table, à côté du prospectus pour le lycée :

— Une bonne et une mauvaise nouvelle dans le même paquet...

— Oui, si on veut...

Il a souri. Il restait là, planté à l'entrée de la pièce sans bouger. Avec sa mèche de cheveux habituelle dans les yeux. Sa chemise sale quasiment ouverte, son jean habituel. Il s'est avancé vers la cafetière. J'ai reculé vers la table.

— Remise de ta virée nocturne ?

— Oui...

— Demain, on va tous faire un tour à Nonza, viens si tu veux...

— Où ça ?

— Nonza. Un beau... un village très... vraiment beau. Ta mère connaît bien, et...

Léo est entré comme un boulet de canon dans la cuisine. Il ne m'a pas vu et a foncé droit sur son père...

— Qu'est-ce que t'as dit à Greg ?

Francesco n'a pas répondu tout de suite. Il s'est lentement versé un café.

— Je parlais avec Carla.

Léo s'est immobilisé, et tourné vers moi extrêmement lentement. Je lui ai fait un sourire très étudié : un genre de « Continue à faire comme si je n'étais pas là, je sens que je vais adorer cette conversation... » Manque de bol, il a regardé son père rien ajouter. Il a pris un bol, et attrapé la cafetière. Francesco a tourné les talons illico. Il s'est dirigé vers la porte, son café à la main, a failli écraser ma Joséphine qui arrivait en sens inverse et a disparu dans la réception. Léo a soupiré bruyamment.

— Tu me répondras quand tu le sens, papa...

— Fais attention au ton sur lequel tu me parles.

La voix était lointaine, mais clairement sans appel. J'ai eu comme un frisson dans le dos. Puis, de nouveau, le silence. Quelle charmante personne, définitivement ! J'ai haussé les sourcils en y pensant. Léo tournait une cuillère dans un café qu'il n'avait pas sucré. J'ai attrapé une tartine en soupirant...

— Il y a un problème ?

— Non... c'est compliqué... Je voulais savoir quand il rentrait, c'est tout.

— Greg ?

— Ouais...

Il a replongé le nez dans son bol. Qu'est-ce qu'il pouvait ressembler à son père, celui-là, parfois !

— Il est où ?

— À Centuri. Dans le Nord, chez des copains...

— Le Nord ?

— Le nord du Cap...

— Il est en vacances en... Corse ?

J'ai contrôlé un sourire énorme qui me venait sur les lèvres.

— Ben oui...

Léo me regardait avec surprise... J'ai préféré ne pas faire de blague, enfin, pas là.

— Nonza, c'est loin ?

— Tu viens demain ? Mais attends... tu prépares pas tes affaires pour aller à NICE ?

Il a prononcé Nice en haussant la voix, comme dans un jeu télévisé, avec un immense sourire moqueur. J'ai pris mon billet rageusement sur la table :

— D'ailleurs, tu veux pas venir avec moi à l'aéroport ? Je sais pas, des fois que ton frère chéri rentre en jet privé de son super-voyage à 20 bornes...

Il s'est levé sans réagir. A pris son bol. Soufflé sur sa mèche familiale qui lui barrait les yeux... J'ai pris une voix plus douce :

— Nonza, c'est loin, alors ?

— Qu'est-ce que ça peut te faire, puisque tu vas pas y aller ?

À nouveau, son air de se moquer de tout. Il est sorti de la cuisine sans un mot de plus. Dans la famille « communication », on ne savait vraiment que choisir. J'ai commencé à remplir mon dossier d'inscription. Ma mère avait déjà coché pas mal de cases, vu qu'elle m'avait expliqué que ça avait été très difficile de me faire admettre si vite pour la rentrée. J'écrivais méticuleusement : allemand, anglais, italien, latin... Première L. Première L à Bastia. Mme Versini est entrée, j'ai cru qu'elle allait avoir un malaise cardiaque en me voyant :

— Mais... à quelle heure...

— Bonjour.

Je suis allée l'embrasser, et on a fini ensemble de remplir mon dossier.. Elle me faisait rire, toute contente que j'aille rejoindre « mon joli blond », comme elle appelait Mathieu. Et je sentais que c'était sincère, ses yeux avaient brillé en voyant le billet d'avion. Elle a coché la case : « Transport scolaire ». J'ai donc appris qu'on irait au lycée en bus, tous les matins. Le rendez-vous était sur la place du village, et on mettait environ vingt minutes.

— Tu verras, c'est sympathique... De toute façon, il y aura Léo.

— Chouette...

— C'est plus dur quand tu as onze ans, tu sais, pour aller au collège, tu sors de primaire, dans les villages, il y a des petites classes de quatre ou cinq élèves, et d'un coup, hop, tu pars « en ville »... La première fois, quand Léo est parti au collège, il pleurait tellement que son père l'a ramené tout de suite.

— Vous les connaissiez déjà ? Je croyais qu'on vous avait engagée pour la comptabilité... enfin, pour l'hôtel.

— Oui... bien sûr... c'est vrai. Mais je connais les garçons depuis... très longtemps... parce qu'on vient du même coin...

— Les garçons ? C'est Léo et Greg ?

Silence. Mme Versini a écarquillé un peu les yeux.

— Ah... Oui... tu connais Gregory ?

— Non... Léo m'en a parlé seulement hier. Pourquoi personne ne prononce jamais son nom ?

— Jamais ? Non, on en parle, chérie... Qu'est-ce que tu veux savoir sur lui ?

— Rien... C'est juste que, et... du même coin ? Ils n'ont pas toujours habité ici ? Francesco et sa maison familiale... j'avais compris que...

— La maison... si... mais eux... c'est après la mort d'Eva... Bref. C'est compliqué tout ça.

— Eva, c'est...

— Oula... trop long tout ça... et là, j'ai du travail, ma chérie.

Elle s'est levée et a attrapé son cahier de comptes. Je savais que c'était le signal de « FIN ». Elle avait l'air mal à l'aise, assez rouge, avec les yeux qui avaient du mal à se fixer sur un point. Et surtout pas dans mes yeux à moi. J'ai abandonné. S'il y a bien quelque chose que j'ai vite compris ici, c'est qu'il ne faut pas insister. Ni avec Mme Versini, ni avec Léo, ni avec Léna, ni avec Francesco. Quand ils ont décidé de fermer les volets, c'est terminé. Je suis descendue directement au village, téléphone en main. J'avais deux messages : mon père, qui voulait savoir comment « ça se passait sur l'île du bonheur », tordant... et Mathieu, avec une voix assez déprimée, qui avait laissé un long murmure triste, à 2 h 12 du matin. J'ai eu honte d'avoir été au château à ce moment-là. Je l'ai rappelé tout de suite. Je l'ai réveillé. Il était sorti la veille dans une boîte de nuit branchée à Monaco, avec June et ses amis. Ils avaient eu une table VIP, du champagne, et il y avait même Paris Hilton. J'étais assise à ma table, je fixais une petite barque qui rentrait au port, puis j'ai vu une mouette qui se nettoyait frénétiquement sous l'aile, comme si on lui avait glissé du poil à gratter. Mathieu a fait une pause dans le récit de sa folle nuit, il a pris une voix toute douce d'un coup :

— Et tu m'as tellement manqué...

— Ah oui... moi aussi. J'étais dans un sublime endroit cette nuit...

— À Bastia ?

— Non, à côté d'ici... À Castell', un château

médiéval magnifique avec une vue sur la mer, on a bu des coups avec des copains jusqu'à 3... 4 h du mat'...

À l'autre bout du fil, un silence. Un froissement. Il devait se relever dans son lit. Léna est sortie du café et a fait des yeux ronds. Puis elle a regardé sa montre. Avec une tête de surprise totale. J'ai agité ma main :

— Quitte pas... Coucou Léna ! ! Je peux avoir un café ?

— À qui tu parles ?

— À une copine.

Nouveau silence. J'avais une petite crampe qui commençait à l'estomac.

— Mathieu ? Tu m'entends ?

— Oui.

— Je suis épuisée... je vais aller dormir sur la plage.

— Avec qui t'étais hier ?

— Des copains, je te dis... Léo et un... enfin, deux autres potes...

— Tu te fais beaucoup d'amis en vingt-quatre heures.

— Pas des « amis ».

— Je sais pas, tu me dis des « copains », faudrait savoir.

— Pourquoi je te sens énervé, là, je comprends pas bien.

— Carla, je croyais que c'était l'horreur, que tu parlais à personne, que tu allais mourir d'ennui, ça a l'air d'aller mieux... D'un coup, on dirait que t'es en vacances avec un boysband... Excuse-moi d'être légèrement surpris.

— Tout le monde ne passe pas ses soirées à califourchon sur Paris Hilton, excuse-moi aussi.

— Quoi ? Qui est à califourchon sur qui ?

J'ai raccroché. J'avais maintenant une crampe très nette dans tout l'estomac. Ça m'arrivait chaque fois que j'étais méchante avec Mathieu, gratuitement. Jalouse. Frustrée. Furieuse. Il a essayé de rappeler, j'ai coupé mon téléphone. Léna est arrivée avec un plateau, elle s'est assise à côté de moi :

— Mauvaise nouvelle ?

— Non... c'est rien...

— Tu aurais dû aller à Centur' avec ta mère, ça t'aurait changé les idées...

115

— Où ?

— À Centuri. C'est un village dans le nord du Cap, c'est très beau, tout rose et...

Centuri. Quelqu'un m'avait déjà dit ça. Je ne me souvenais pas qui, mais... De toute façon, je devais rappeler Mathieu.

— Non, Maman est à Bastia, elle travaille.

— Mais je l'ai croisée ce matin et...

Elle a hésité une seconde, en enroulant une mèche de ses cheveux autour de son index. J'ai pris mon portable pour le rallumer. Je pensais encore à Centuri, Eva, Mme Versini. Greg. C'était ça. L'endroit où il était en vacances, le frère mystère. Léna semblait mal à l'aise.

— J'ai dû me tromper. Mais je t'emmènerai une fois, c'est vraiment beau... si tu veux...

— Oui. Pourquoi pas...

Elle s'est levée, j'ai pris son bras et chuchoté :

— Léna... Eva, c'était la femme de Francesco ?

— Quoi ?

— Eva. C'était la mère de Léo ?

— Qui t'a dit ça ?

— Personne... je...

116

Mon portable qui sonne. Léna qui rentre rapidement dans le café. C'était Mathieu. La voix tendue, l'inquiétude que j'entendais parfaitement dans son ton. Il a dit juste : « On a été coupées... » Je lui ai répondu que j'arrivais bientôt, j'ai parlé du billet d'avion, donné les informations sur mon vol, on n'a pas reparlé de la nuit précédente. J'étais ailleurs, je lui parlais, et je surveillais Léna qui discutait avec Doumé, derrière la machine à café. C'était bizarre quand même. Cette impression d'avoir beaucoup de questions à poser, et absolument personne qui veuille me répondre. Mathieu m'a ramenée à la réalité, il disait que je lui manquais. J'ai senti son parfum, pensé à ma main dans ses cheveux. Après tout, qu'ils gardent leurs pauvres secrets, tous. L'important, je l'avais au téléphone juste là. Et puis, j'ai entendu un bruit de vieille machine reconnaissable : le solex de Léo qui fonçait droit sur nous. Derrière lui arrivaient Mathias et sa mob, et derrière Mathias, accrochée à sa taille : une fille... Ils sont descendus tous les trois pour embrasser Léna. J'ai raccroché rapidement, promis de rappeler plus tard.

Je regardais fixement la nouvelle venue : une petite brune avec les cheveux courts et les yeux très noirs, bronzée, avec juste un maillot blanc et un short en jean. Pieds nus. Dès qu'elle a ouvert la bouche, j'ai reconnu l'accent local. Mathias m'a fait la bise, pendant que Léo se laissait tomber sur la chaise en face de moi en me faisant un clin d'œil. L'inconnue me regardait aussi, j'ai relevé mes lunettes de soleil, et je lui ai tendu la main :

— Bonjour, Carla, je suis...

Elle a donné une petite tape dans ma main en souriant...

— Je sais qui tu es. Salut, moi c'est Valentine, mais, dis Val', par pitié...

— OK, salut...

Léo, poli, a commencé par me présenter Valentine. Elle habitait à Miomo, enfin près de Brando, de l'autre côté de je ne sais pas quoi, en gros, pas loin. Elle serait avec nous au lycée, en septembre, elle rentrait en Terminale, comme Mathias. Elle a commandé un café, posé ses jambes sur lui d'ailleurs. Je les ai regardés, c'était peut-être sa petite amie ? Un couple de touristes est passé à ce moment-là à côté de nous. La femme était très raffinée, en tailleur blanc léger, avec des talons et un sac doré un peu voyant. Valentine a souri en relevant un sourcil :

— Bonjour la pétasse... on dirait qu'elle défile pour Chanel.

Ce n'était peut-être pas tout à fait le bon moment pour parler de mon petit ami, qui avait passé la soirée dans la même boîte que Paris Hilton. Puis, ils ont commencé à discuter des travaux et des projets autour de l'hôtel, pour changer un peu, en faisant absolument comme si je n'étais pas là. Mathias trouvait que l'idée de faire juste « chambre+petit déj' » était idiote, qu'il vaudrait mieux avoir un resto, même petit. Léo a rétorqué que c'était bien trop compliqué pour le début, qu'il faudrait des cuistots, des serveurs, que la formule ne serait pas rentable. Il parlait même de chiffres précis pour d'autres travaux dans la cuisine, pour obtenir une licence. Valentine, elle, expliquait que vu la situation de la maison, un resto serait obligatoire à terme, que les clients ne descendraient pas manger au village tous les soirs, et elle avait soi-disant parlé à Francesco, elle voulait être serveuse, pas femme de chambre. Mathias éclatait de rire, il imaginait Valentine faire le ménage. En guise de réponse, elle lui a parlé de l'état de sa chambre, chez sa mère, entre la bauge d'un sanglier et un abri nucléaire. Je ne la quittais pas des yeux. Il se dégageait d'elle une chose étrange : elle m'énervait et me fascinait à la fois. Je la trouvais spécialement à l'aise, même un peu trop autoritaire, elle coupait souvent la parole à Mathias, qui se conduisait comme un vrai petit toutou. Je me suis encore demandé s'ils étaient ensemble. Je les regardais tous les trois, amis comme sans doute Mathieu, Jess' et moi, à parler de ces travaux dans cette vieille maison au fond de ce village, comme si c'était leur seule passion. Puis il y a eu un silence, et Valentine me regardait. J'ai compris qu'elle avait dû me parler...

— Excuse-moi, je n'ai pas écouté.

— Pas grave. Je te demandais si tu venais cet aprèm pour les volets, à quatre ça ira plus vite.

— Les volets ?

120

Léo m'a souri : ils allaient peindre les volets du deuxième étage. Mathias a immédiatement sauté sur l'occase. Il a pris un accent pseudo aristo et s'est tourné vers moi :

— Non, je ne crois pas que la comtesse nous fera l'honneur de peindre.

Valentine a souri et avant que j'aie eu le temps de répondre quoi que ce soit, elle a enchaîné :

— Tu vivais où, à Paris ?

— Rue de Buci. À Saint-Germain-des-Prés.

— Ça doit te changer...

— Oui, c'est sûr...

— C'est tellement moche comme ville... c'est tellement crade.

Léo l'a coupé dans son élan.

— Tu n'y es jamais allée, Val', arrête ton racisme primaire...

J'ai regardé Valentine en souriant :

— Comment tu vas faire pour travailler à l'hôtel, en plus du lycée, l'année de ton bac ?

— Je me débrouillerai. Avoir un vrai projet, c'est la seule chose qui compte, non ?

HUIT

Le lendemain, j'étais debout à 8h. Ma petite valise bouclée. J'avais passé l'après-midi de la veille à préparer mes affaires – histoire de donner raison à Léo – observant du coin de l'œil leur petite bande installée sur la terrasse, devant un tas de volets impressionnant et des litres de peinture bleu lavande. Mme Versini les aidait aussi. Napoléon et Joséphine regardaient de loin, unis pour une fois dans l'incompréhension totale de cette activité humaine. J'avais fait une apparition remarquée vers 17 h, pour prendre un jus de fruit. Seul Mathias avait souri de loin. J'avais hésité une seconde, puis j'étais partie me baigner sans remords. Je n'étais pas la bonne. Le soir, ils étaient tous partis dîner chez Valentine, puis rejoindre des copains, au fameux château. Personne ne m'ayant rien proposé, je m'étais installée pour la soirée devant mon ordinateur, avec un DVD de *Friends*. Plus tard, alors que je somnolais, j'ai été surprise d'entendre Francesco et ma mère se disputer assez fort. J'avais même cru entendre mon prénom, mais le temps que je sorte écouter en haut de l'escalier, les éclats de voix avaient cessé. J'avais bien remarqué l'air tendu de ma mère à table, inattentive et fermée. J'avais même essayé de la coincer sur sa journée, presque prête à parler de ce que Léna m'avait dit : ce fameux village de Centuri, où elle serait allée. Mais elle m'a devancée en faisant, elle, des allusions très claires à des magasins de Bastia, à la foule dans les cafés etc. Léna s'était trompée. Et puis, j'ai préféré ne rien dire. Pas devant Francesco en tout cas. J'étais sûre qu'il avait dû râler rapport à mon « aide » pour les volets. Comme je partais dans vingt-quatre heures, j'avais décidé de me montrer absolument délicieuse pour cette dernière journée. Des fois qu'il persuade maman que je n'avais pas mérité ma semaine de liberté loin du bouge. Alors, le matin arrivé, avec un grand sourire, je me suis entassée dans la voiture pour la fameuse journée Nonza, entre Léo et Mathias, qui, décidément, ne nous quittait plus. J'ai eu l'impression que le trajet durait des heures, surtout avec cette vieille bagnole fumante. Le fameux village était simplement de l'autre côté du Cap Corse, sur la côte Ouest, mais évidemment aucune route ne traversait directement. Il fallait remonter, serpenter dans ces virages atroces et traverser des millions de hameaux, pour enfin trouver un moyen de passer. Je discutais vaguement avec Mathias, le seul qui avait l'air à peu près de bonne humeur. Même Léo avait troqué son sempiternel sourire contre un masque neutre, mèche rabattue, yeux baissés, totalement silencieux. À la sortie d'un virage particulièrement raide, j'ai relevé la tête et arrêté net de parler. Un village semblait « posé » sur le bord d'une impressionnante falaise noire, toutes les maisons comme suspendues au-dessus de l'eau. On s'est garés devant la fameuse église « Sainte-Julie », j'avais entendu ma mère en parler à Léo.

Comme d'habitude, ça m'étonnait énormément qu'elle soit si passionnée et au courant de tout ce qui se passait sur l'île. On aurait dit une vraie Corse. Le soleil tapait très fort, il devait être midi, les rues étaient pratiquement désertes. Mathias a noté qu'on avait de la chance que ce ne soit pas « envahi de cons de touristes ». Francesco et ma mère voulaient déjeuner tout de suite, ils se sont installés à une terrasse. Léo a dit qu'il arrivait, qu'il allait se balader. Mathias s'est assis et a commencé à parler avec Francesco de la chape de béton à couler pour le parking. J'ai levé les yeux au ciel, et j'ai préféré suivre Léo. J'avais du mal à marcher aussi vite que lui. Au début, je crois qu'il ne m'avait même pas entendu, et puis, à un moment, il s'est retourné, m'a regardée et a continué à avancer. Face à l'église, on a pris une ruelle en pente bien raide. Devant nous : une grande tour noire, qu'on aurait dit en ébène luisant. On est montés l'un derrière l'autre comme ça pendant quelques minutes, sans échanger une parole. Au pied de la tour, je me suis arrêtée pour reprendre mon souffle, Léo m'a pris la main

126

pour me placer face à la vue. Il y avait beaucoup de vent, j'entendais la mer en contrebas, je la voyais s'écraser, toute bleue, sur une plage entièrement sombre, un sable de schiste noir, comme m'avait expliqué maman dans la voiture. Je voyais le village, pas loin, des toits gris, des taches lumineuses comme des murs roses ou des jardins, l'église dont nous venions... Puis Léo m'a fait me tourner de l'autre côté, il est resté juste derrière moi : j'ai eu une sensation de vertige étrange, une impression de dominer le monde. Le vent s'est déchaîné, il me montrait des choses du doigt, en murmurant : le golfe de Saint-Florent, le désert des Agriates, pris dans le brouillard, et une sorte de montagne, aux cimes brillantes de neige, il murmurait « Mont-Cinto » à mon oreille. Et puis, on n'a plus parlé. J'ai respiré de toutes mes forces, j'ai regardé encore, pivoté sur moi-même, la Tour Noire, les vagues bleues, le vertige, le soleil, les falaises. La force qui se dégageait de tout ça, la liberté que l'on ressent quand rien n'arrête vos yeux, quand rien ne pollue. J'ai eu l'impression d'être ivre. J'ai souri à Léo. Simplement.

— C'est beau chez toi.

— Je sais.

Quand on est rentrés, le soir, j'ai tout de suite senti quelque chose d'inhabituel. Une 4L orange trônait au milieu de la cour. Léo a sauté par-dessus la portière avant même que le contact soit éteint. Francesco et ma mère ont échangé un regard rapide. J'ai interrogé Mathias, qui a secoué la tête en souriant, sans rien dire. Il a repris sa mob en expliquant qu'il rentrait dîner chez lui, pour prendre un peu « des nouvelles de sa mère ». Maman est descendue directement au village comme si c'était urgentissime d'aller chercher du pain. Léo avait disparu, Luigi parlait avec Francesco, Napoléon à ses pieds, comme d'habitude. J'ai pris un peu mon temps pour essayer d'entendre, mais ils chuchotaient et en plus, c'était en corse. Alors, je suis montée dans ma chambre directement. La porte était ouverte, j'ai fait un bond : assis sur mon lit, un grand mec brun regardait attentivement une photo de Mathieu et moi prise juste avant mon départ, où on s'embrassait en riant. Je le voyais à peine, la chambre était plongée dans la pénombre, les rideaux tirés à cause de la chaleur. Il a relevé lentement la tête, quand j'ai toussé nerveusement. Une mèche noire très caractéristique barrait son front. J'ai entendu du bruit derrière moi. Léo m'a quasiment poussée pour entrer dans la pièce, et a allumé la lumière. L'inconnu s'est levé calmement. Il a reposé la photo à sa place, a rejeté sa mèche en arrière, et nous a regardés avec un sourire moqueur que j'ai immédiatement reconnu comme la marque de la famille.

— C'est comme ça qu'on dit bonjour ?

Léo s'est avancé, et ils se sont rapidement pris dans les bras. Par-dessus l'épaule de Léo, le regard vert intense ne me quittait pas. J'avais l'impression que la température avait chuté de 20 degrés et que mes vêtements se détachaient de mon corps pour tomber par terre. J'étais comme paralysée. Il ressemblait à son père et à son frère, mais avec quelque chose en plus, de je ne sais pas, presque inquiétant. Une sorte d'assurance désagréable émanait de lui. Je l'ai immédiatement détesté. Léo s'est tourné vers moi.

— Carla, c'est mon frère, Greg...

— J'avais compris... salut.

Pas de réponse. Il a fait mine de sortir de la chambre. Je me suis poussée pour le laisser passer, puis, quand il a été à ma hauteur, il s'est arrêté brusquement. Encore un regard de haut en bas, il était très grand, plus encore que Léo. J'ai levé les yeux, croisé son sourire. J'ai senti une odeur ambrée un peu bizarre, j'ai aperçu la Corse autour de son cou...

— Salut.

Il a disparu dans l'escalier, et je l'ai entendu descendre rapidement au premier. Léo est resté silencieux au milieu de ma chambre. L'air ennuyé. J'ai posé mon panier en essayant de paraître détendue.

— Sympa, ton frère. Il était installé sur mon lit à regarder mes affaires.

— Il est un peu... particulier... J'aurais dû être là cet aprèm' pour lui parler.

— Tu savais qu'il rentrait aujourd'hui ?

— Tout le monde savait qu'il rentrait aujourd'hui. Papa a préféré qu'on ne soit pas là.

— Mais pourquoi ?

À cet instant, la voix de Francesco nous a interrompus en bas de l'escalier : il appelait Léo, qui en a profité pour ne pas me répondre, comme d'habitude, et filer rapidement. J'ai ouvert la fenêtre, l'odeur du maquis est rentrée dans la pièce, chassant de mes narines le parfum qui s'y était incrusté. On a dîné tard. Une ambiance exceptionnelle : Francesco complètement muet, ma mère qui meublait les silences avec des questions sur le temps orageux ou le parking de l'aéroport. Léo, le nez dans son assiette qui faisait de temps en temps des sourires entendus à son frère. En plus, Mme Versini, notre bavarde préférée, avait soi-disant la migraine et restait dans sa chambre. Moi, j'observais la famille Amorosini désormais au grand complet. Il était en bout de table, flottant dans cette odeur ambrée, à une place restée vide jusque-là. Il avait l'air à l'aise, avec sa voix grave et ses remarques constamment ironiques. Il faisait bien plus que son âge, et il était très loin de la sympathie évidente et douce qui caractérisait Léo. Je voyais surtout son profil. Beau ? Sans aucun doute. C'est sincèrement la première chose que j'ai remarquée. Beau et viril surtout. Ce que Jess' appelait un « vrai homme ». Mais par contre, il le savait. Ça, aucun doute. J'ai même remarqué tout de suite qu'il s'était changé : jean, tee-shirt blanc, les cheveux noirs encore mouillés et, bien sûr, pieds nus. Je comparais les yeux des trois garçons : bleu sombre pour le père, bleu clair chez Léo et verts, quasiment luisants pour Greg. Sinon, la même voix basse teintée d'accent, le même nez arqué, la peau mate, sans oublier le sourire en coin, encore plus prononcé chez le nouveau venu. Il ne m'a pas adressé la parole de tout le repas, même pour me demander le pain, comme si personne n'était assis à sa droite. J'avais aussi noté au passage que Joséphine avait déserté mes genoux pour s'installer sur les siens. Ça a fini de m'agacer. On a débarrassé tous ensemble, sans un mot. Il y avait une tension étrange, palpable et pourtant, à priori, inexplicable. Enfin, d'après moi. Francesco et maman sont montés directement, et je suis allée sur la terrasse, boire une sorte de tisane aux queues de cerise qu'adorait maman, pour respirer. Le vent avait tourné. J'avais la sensation bizarre d'avoir passé une bonne journée, de commencer juste à éprouver autre chose que de l'ennui ou de la haine, et l'arrivée de Greg pile à ce moment-là me rendait nerveuse. C'était difficile à expliquer, je lui avais dit deux mots, il ne m'avait pas parlé et pourtant, c'était sa manière d'être. Un truc lourd qui planait. Qui remplissait tout l'espace. Léo est venu me souhaiter bonne nuit...

— Si je ne te vois pas demain matin... Amuse-toi bien !

— OK... Et tu répondras à ma question quand tu le sens...

Il m'a regardée en souriant, l'air surpris, la mèche blonde en bataille devant ses yeux.

— Qu'est-ce que tu veux savoir, encore ?

— Pourquoi ton père n'a rien dit ? Pourquoi la maison devait être vide quand...

— Hé ! Tu réfléchis trop, inspecteur. Mon père et Greg, c'est compliqué, depuis... longtemps. Des trucs de famille, des engueulades,

des conneries... Comme ton père que tu prends jamais au téléphone, ta mère à qui tu dis douze mots par semaine... tu vois ?

— Je... parle à mon père.

— Peut-être. Ça regarde personne, ces trucs-là. C'est la famille.

J'ai senti que je n'en saurais pas plus. En tout cas, pas de ce côté-là. J'ai choisi de changer prudemment de sujet, pour attaquer à nouveau en biais, plus tard.

— Tu vas te coucher ? 22 h 12, tu fais fort.

— Non... Je vais faire un tour au château, Val' m'attend.

— Ah... Je peux venir ?

Un petit rire derrière nous, une silhouette appuyée à la porte-fenêtre de la cuisine.

— Non.

— Greg...

Léo avait souri en prononçant le prénom de son frère. Je me suis retournée d'un coup vers lui.

— Ça te pose un problème ?

— Oui. J'ai envie d'être tranquille. Et puis,

au lieu de te mêler de tout, tu devrais plutôt te reposer, pour être en forme pour ton blondinet.

— Greg...

Nouvelle protestation amusée de Léo. J'ai senti le rouge me venir aux joues. Une agressivité incroyable montait en moi. J'ai serré mes doigts sur ma tasse...

— Mon blondinet t'emmerde.

— Formidable.

— Ne parle pas de quelqu'un que tu ne connais pas.

— Je le plains. Il a du souci à se faire...

— Pardon ?

J'avais la gorge sèche, la voix blanche de colère, les larmes presque au bord des cils. Il fallait que je me calme, c'était ridicule. Léo a soupiré.

— Oh... détendez-vous... putain...

— Je suis très détendu. J'explique la vie à la petite Carole.

J'ai posé ma tasse sur la table de toutes mes forces et je suis rentrée dans la cuisine. En passant près de lui, j'ai détourné les yeux et je me suis aplatie contre le mur pour ne pas le frôler, mais il m'a attrapé le bras en souriant, assez fermement quand même... Tout mon corps s'est raidi instantanément...

— Fâchée, Carole ?

— Carla. Bonne nuit.

Je me suis dégagée brutalement.

— Ouh, d'accord, très fâchée...

J'ai traversé la cuisine en deux enjambées, j'ai entendu son rire et puis Léo, qui devait l'engueuler. Je suis montée, ivre de rage, tremblante, avec une envie de donner, je sais pas, un coup de poing dans un mur. J'ai failli rentrer dans maman qui descendait en sens inverse...

— Tu vas te coucher, ma puce ?

— Oui.

— Ça va ?

— Tu le connais, le Gregory ?

Ma mère a souri :

— Qu'est-ce qui se passe, déjà ?

— C'est un connard.

— Carla... je t'en prie...

J'ai tourné dans mon lit pendant une heure. J'ai entendu démarrer une voiture, musique à fond. Puis, encore plus tard, j'ai entendu maman et Francesco qui se couchaient. Francesco. Lui aussi, quel abruti, cela ne m'étonnait pas que ses gosses soient aussi bizarres. Quelle idée de vouloir nous faire tous visiter un village, juste pour éviter qu'on assiste au retour du fils prodigue ! Malheureusement, il allait falloir se coltiner le Greg à longueur de journée. Quelle punition de devoir vivre dans la même maison que ce sale gnou. J'ai commencé à imaginer tout ce que je pourrais faire de drôle : monter dans sa chambre cacher des croûtes du vieux fromage de brebis qui agonisait depuis des jours dans le frigo, prendre la mob de Léo et débarquer au château pour leur pourrir leur sale soirée, l'attendre et lui dire ce que je pensais de ses réflexions. Et puis, j'ai pensé à l'effet qu'il me faisait, cette montée de fureur tout à l'heure, cette perte de contrôle instantanée, sans vraiment de raison. Il fallait que je le prenne de haut, tout simplement. Ce n'était pas ce genre de petit caractère qui allait m'impressionner. Pour qui se prenait-il avec ses airs de seigneur du château, son parfum de filles, et ses vannes minables ? J'ai fini par m'endormir, apaisée, en pensant simplement au lendemain...

Cela a duré une seconde. Je le cherchais des yeux, je balayais les visages, je tournais la tête de tous les côtés, je m'attendais peut-être à voir June ou Jess', ou même le visage entièrement lifté par mon père de Sabrina, celle que j'appelais « ma belle-mère », pour rire. Mon estomac faisait des nœuds atroces, je n'avais rien pris au petit déjeuner, tellement j'étais pressée de partir, tellement ravie de n'avoir croisé personne, complètement tétanisée à l'idée de rater l'avion. Et puis, soudain, tout s'est arrêté, je vous jure, même mon cœur : je l'ai vu. Il s'avançait en souriant, il était à dix mètres maximum. Il était bronzé, avec son jean blanc, sa chemise bleue, ses boucles parfaites, cet air de prince. En une seconde, j'étais dans ses bras. J'ai collé mon nez dans son cou et j'ai fermé les yeux. Mathieu. La maison grise, les volets bleus, le miaulement de Joséphine, le sourire de Léo, le château, mon rocher, les mystères de Léna, le sale ricanement de Greg, balayés. Évanouis. Loin, tellement loin. Il m'a serrée fort, on ne se disait rien, parce qu'il n'y avait rien à dire. Et que Mathieu sait exactement quand il faut se taire, parce qu'il ne dit jamais de choses plates ou neutres, parce qu'il était là, dans mes bras et que je réalisais là, seulement là, comme il m'avait manqué. C'est la voix de Jess' qui m'a arrachée à cet instant...

— Vous enlevez vos fringues tout de suite, ou on peut te dire bonjour ?

Elle était dans nos bras aussi. On riait tous les trois, on sautait en l'air, on se regardait, on n'en revenait pas... On parlait tous ensemble, on ne s'arrêtait plus. Le chauffeur des parents de Mathieu était là aussi. On s'est installés avec ma petite valise dans leur immense Jeep noire. J'ai passé mon bras autour du cou de Jessica. Elle louchait sur mon bronzage, j'avais au moins deux teintes de plus qu'elle, sans parler de Mathieu, hors catégorie, puisque blond. J'ai posé ma tête sur son épaule.

— Comment va Barbe-Bleue ?

— Oh... pitié... on parle pas de là-bas.

— Juste un petit peu. On rigole vite fait, et après, je te jure que j'arrête !

Mais ils n'ont pas arrêté une seconde de toute la semaine... J'avais l'impression d'avoir survécu à une guerre ou effectué le premier voyage spatio-temporel. Il fallait que je raconte TOUT. Que je décrive tout le monde (même Joséphine au poil près), que je leur parle de chaque pièce de l'hôtel, de la plage, l'épicerie, le café, le château, le jardin... Bref, tout. Leur curiosité moqueuse était insatiable, et je me faisais un plaisir d'épingler chaque petit détail. Même Mme Versini est devenue leur favorite grâce à son célèbre slogan, qu'elle me lançait chaque matin du bout de sa cuisine : « Qu'est ce qui te ferait plaisir, ma puce ? » Phrase que Jess' a répétée en boucle pendant les six jours de ma visite.

De quoi je me souviens ? C'est passé tellement vite, qu'en gros, j'ai eu l'impression de faire un tour en voiture autour d'un aéroport. J'ai essayé de profiter de chaque seconde, mais le temps était compté, même si je n'ai pratiquement pas dormi pour optimiser les nuits aussi. De quoi je me souviens surtout ? De Mathieu.

Un certain regard qu'il a eu. Le premier soir, je crois. Il a frappé doucement, j'ai ouvert, Jess' venait de rentrer dans sa chambre, il l'a remarqué tout de suite, on était seuls. Il m'a pris la main et a tiré sur mon bras un peu fort, je suis allée directement m'écraser contre lui. Il a eu ce regard juste là : un mélange de désir et de chagrin, je sais pas, c'était bizarre. Tous les soirs, j'attendais d'entendre ses trois petits coups à la porte. On avait chacun une chambre, mais les parents de Mathieu nous avaient hypocritement placés à côté l'un de l'autre. À côté, mais pas ensemble, une façon comme une autre de faire comme si. Le matin, il filait vers 7 h. Et on attendait tous les deux la nuit, globalement toute la journée. Je me souviens des interminables dîners dans cette grande salle en marbre rose, gelée de climatisation. Ces dîners atroces, rythmés par les blagues du père de Mathieu, qui ne faisaient rire personne : « Alors, ma Carla, t'es devenue indépendantiste ? », « Dis au mec de ta mère que le seul Corse qui ait travaillé, il est devenu empereur, ça va le faire marrer » ou encore « Ici, on est plutôt Canal Plus que Canal

Historique... » Un festival. Et puis, le dernier soir, autour de la piscine, parmi les photophores en cristal, les tables dressées de buffet, l'orchestre cubain, la centaine d'invités, tous amis de ses parents : Mathieu a eu sa soirée d'anniversaire... J'avais acheté une chemise pour lui, une nouvelle robe pour moi et j'avais le cœur battant en me regardant une dernière fois dans la glace : quarante centimètres de tissu noir, un long collier de strass de ma mère, genre fil de diamant, les cheveux lâchés, et les pieds nus. Il a failli faire un petit malaise, quand j'ai descendu l'escalier, mon amoureux de tout juste dix-sept ans, il n'arrivait plus du tout à parler. Jolie soirée. Collée contre le plus beau garçon du monde, le roi de la soirée, avec sa chemise blanche très ouverte, tous les yeux des filles rivés sur lui, qui vous murmure toutes les cinq minutes qu'il vous aime. June était en blanc, son père nous a appelés les dominos toute la soirée. Ce qui nous a permis d'être complices au moins pendant quelques minutes pour lui échapper. Franchement, pendant mon court séjour, elle s'était montrée plutôt gentille. Bien sûr, elle n'avait cessé de « me plaindre sincèrement », moi « habitante du quart monde », avec tous ces « demeurés de villageois ». Mais bon, elle n'avait pas tellement innové dans la méchanceté. Ce soir-là, alors qu'on était tous avachis sur des chaises longues, elle a commencé à se lancer dans un monologue sur ma vie... Elle était lancée et en forme. June jouait avec le volant de sa robe, une moue de dédain déformait sa bouche. Elle était plantée devant nous, et ne s'arrêtait plus... Quand elle a parlé de ma mère, j'ai dressé l'oreille...

— Et quitter un chirurgien esthétique pour un... sans doute un trafiquant de drogue, quelle connerie ! Je crois que ta mère a tout confondu, elle aurait dû juste s'amuser avec le Corse, tu vois, se faire...

Mathieu a été le plus rapide...

— June ! On a compris.

— Non, mais c'est vrai... qu'est-ce qu'elle a eu besoin d'aller s'enterrer avec ces gens dans ce trou moyenâgeux ? Et surtout de bosser pour lui, attends, c'est pas loin du proxénétisme...

J'aurais préféré rire, mais quand on touche à ma mère, j'ai un peu de mal...

— Si on te filait cent euros à chaque connerie monstrueuse que tu dis, tu rachèterais l'hôtel de tes parents, June...

— Attends, Carla, tu sais que je t'adore.

— Permets-moi d'en douter.

— Je dis pas que ta mère est comme sur le trottoir.

— Non, pas du tout.

— Tu te rends compte qu'elle va finir avec ce... dans cet endroit... et toi, ta vie est foutue à cause de son appel sexuel, sa crise de la quaran... enfin, cinquantaine ? C'est horrible, on dirait un fait divers.

June a posé une main sur son cœur, genre : « Je ne vais pas tarder à vomir... » Jessica a éclaté de rire. Mathieu, plus prudent, me caressait le dos en ne me quittant pas des yeux. J'ai regardé le fond de mon verre...

— Je crois qu'elle l'aime. C'est un détail qui t'échappe... non, ne me coupe pas. Qu'on puisse aimer un homme qui n'est pas plein de thune, que ce ne soit pas le seul critère de sélection, ça te dépasse, je comprends. Je crois qu'elle l'aime et qu'elle va s'investir dans son projet... d'hôtel, parce qu'elle l'aime.

— Mais tu dis toi-même que c'est une ruine ?

— Elle peut en faire un bel endroit. Je lui fais confiance.

June a violemment rejeté ses cheveux en arrière. Mauvais présage.

— Chacun sa vie... je croyais que tu avais d'autres ambitions que de finir comme ça.

Mathieu allait intervenir, mais elle est partie avant, trottinant sur ses nouveaux talons. Je n'ai même pas écouté les répliques cinglantes et sans doute très drôles de Jessica. Je me sentais vide. Je ne savais même pas si je croyais vraiment à ce que je venais de dire... J'ai regardé le profil de Mathieu, le sourire de Jessica... On ne savait pas quand on pourrait se revoir. Jess' voulait à tout prix venir passer un week-end en Corse, elle rêvait de rencontrer tous ceux dont je lui avais parlé. Même Greg. On avait eu un grand débat sur ce nouvel ennemi, toutes les deux. Elle m'avait, comme toujours, rassuré : « C'est un petit con. Faut l'ignorer. » On est finalement allés se coucher. J'ai pleuré dans mon bain sans pouvoir m'arrêter, et, plus tard, dans les bras de Mathieu, redoublant de sanglots incontrôlables parce qu'il n'arrêtait pas de répéter qu'il était là, que tout allait bien se passer. Je regardais cette chambre immense, ce garçon qui caressait mes cheveux, sa vie, sa sœur, ses parents, ses références. Il était là. Mais pour combien de temps ? Combien de temps il pourrait m'aimer, moi, qui ne cadrais plus vraiment avec le style « Palais des Palmes » ? Il s'est blotti contre moi, le jour se levait, mon avion était tôt, ma mère m'avait appelée la veille pour me le confirmer. Il a eu un frisson, et c'est lui qui l'a dit :

— J'ai peur que tu m'oublies...

— Oui, la vie trépidante d'Erbalunga, les travaux qui vont m'accaparer tellement...

— Ce n'est pas drôle. J'ai vraiment peur que quelque chose là-bas te ... Tu as changé.

Je me suis redressée dans le lit.

— J'ai changé ?

— Viens...

Il m'a attirée dans ses bras, et on n'a plus parlé. Quelques heures plus tard, je sentais son

146

parfum sur mes mains, dans l'avion. Je revoyais ses larmes briller à l'aéroport, sa main qui serrait la mienne, la seconde où j'avais dû la lâcher. Sa silhouette qui me faisait au revoir de la main, son sourire figé. L'envie de le rejoindre, de rentrer enfin chez moi.

NEUF

Finalement, cette semaine m'avait fait du bien. J'avais retrouvé mes réflexes, mes amis, un peu de mon monde, même si le Palais des Palmes ne représentait pas tout à fait mon idéal. Le luxe, pour moi, c'est autre chose. Léo m'avait dit « le vide », peut-être, après tout. Une forme de classe en tout cas, d'honnêteté et d'intelligence qui faisait totalement défaut aux parents de June. Quand je les trouvais vulgaires et cons, c'était d'ailleurs toujours plutôt les parents de June, rarement ceux de Mathieu. Maman est venue me chercher seule, je l'ai serrée fort. Quand je suis descendue de la voiture devant la maison grise, j'ai failli avoir une crise cardiaque :

Napoléon a bondi de nulle part et s'est mis à aboyer comme un dingue, comme toujours. L'immonde boule jaune est arrivée en trombe et en aboyant encore plus fort, droit sur nous. J'ai relevé mes lunettes de soleil, et levé la main en l'air juste au-dessus de sa truffe noire, en le menaçant du doigt, comme les enfants :

— Oh ! Tais-toi ! C'est moi, c'est moi, idiote chose, ça va, tu nous casses les oreilles ! SILENCE ! Assis.

Il a stoppé net, m'a regardé avec un air ahuri (à peu près identique à celui de ma mère au même instant), et puis il a sorti son immense langue rose au coin de sa gueule et... il s'est assis. Luigi a même arrêté de jardiner pour l'occasion. Il s'est appuyé sur son râteau, et m'a fait son tout premier sourire. Je le lui ai rendu en exagérant mes fossettes (j'ai une technique infaillible), et je suis rentrée le plus dignement possible dans la maison. On n'allait pas non plus se laisser emmerder trop longtemps par un chien. J'ai été embrasser Mme Versini qui s'affairait à la cuisine à faire un gâteau à la farine de châtaignes. Elle m'a littéralement sauté dans les bras. Ça m'a vraiment beaucoup touché. Elle me faisait rire quand elle cuisinait en râlant qu'elle « n'était pas là pour ça », alors qu'elle adorait nous faire de bons petits plats. J'ai trempé mon doigt dans la confiture de figues au miel juste à côté... et j'ai aperçu Joséphine qui se roulait au soleil sur la terrasse. Je suis sortie vite pour l'embrasser : en voilà une qui m'avait vraiment manqué. Je me suis penchée sur elle, son poil brûlant de soleil, ses yeux verts, son ronronnement incessant. J'ai retiré ma veste blanche et mes chaussures compensées à talons, je me suis laissée tomber juste à côté d'elle, pour me rouler sur le dos et l'imiter. C'est en finissant mon tour complet sur moi-même que je l'ai vu. Et merde ! C'est exactement ce que j'ai pensé. Greg était installé sur une chaise longue, à un mètre, avec juste un vieux short en jean et une clope au bec, il a levé les yeux d'un livre avec un sourire satisfait...

— Tu vas faire pipi autour de la table, aussi ?

Je me suis relevée le plus rapidement et le plus gracieusement que j'ai pu. Joséphine ne comprenait pas du tout qu'on arrête de jouer, elle se frottait à mes jambes. Mon estomac s'est instantanément contracté. Son regard habituel, de haut en bas, insidieux, moqueur, un peu provocant. Je l'avais presque oublié celui-là, je lui aurais bien parlé sur le même ton que Napoléon, mais la partie allait être plus difficile. J'ai souri.

— Je t'ai manqué ?

Il a eu l'air déstabilisé, juste un quart de seconde. Parfait. Puis il a souri, et sa main est passée sur son torse. J'ai baissé les yeux tout de suite sans le faire exprès, une sorte de gêne, bizarre, comme s'il avait été nu d'un seul coup. Il ne me lâchait pas du regard. Nouveau sourire. Il a descendu sa main jusqu'à son nombril, j'ai vu une bague en argent, la peau très mate un peu en sueur, brillante, des abdominaux très dessinés...

— Qu'est-ce que tu regardes, chérie ?

J'ai haussé les épaules, attrapé mes chaussures, ma veste et Joséphine, et je suis montée dans ma chambre droit devant sans m'arrêter. La pièce familière m'a calmée, j'ai rangé mes affaires, ouvert la fenêtre, attrapé mon vieux maillot noir et une petite robe légère. Je me suis fait une natte devant ma glace. J'étais encore un peu rouge sur les joues, le souffle court, les mains moites. J'ai inspiré profondément. Il fallait absolument que ce mec arrête de me déstabiliser comme ça. Cette envie de le frapper aussi d'ailleurs, il fallait que ça passe. Sur mon lit, il y avait une lettre de mon père, qui s'était fendu de plus de cinq pages écrites à la main. Un gentil monologue sur le fait que je lui manquais, et qu'il espérait que je viendrais bientôt, puisque je n'avais apparemment rien à dire au téléphone. Parler à mon père n'avait jamais été mon fort, mais peut-être aussi que j'avais progressivement cessé de faire des efforts. Lorsqu'on se rend compte que personne ne vous écoute vraiment, il faut pas mal de cynisme pour imaginer continuer à parler, non ? Alors, ici, au téléphone, coincée à la réception encore en travaux, le lieu de passage de tout le monde, je tenais maximum une minute avec lui à échanger des banalités météorologiques. J'ai relu sa lettre, et je me suis juré de répondre. Comme toujours, le fameux roman que je devais envoyer à mon père en lui disant la vérité de ce que je ressentais. Pourquoi m'avait-il laissé partir ici, pourquoi ne voulait-il pas que je reste avec lui, pourquoi ne demandait-il jamais rien de personnel, pourquoi ne proposait-il pas un week-end sans attendre que maman s'en charge ? Pourquoi jamais rien d'autre, entre nous, jamais de surprise, d'émotion, de fou rire ? Mon père appelait ça « sa pudeur naturelle ». Du style, vous voyez : pas besoin de se dire les choses... on se comprend. Aujourd'hui, j'avais envie qu'il sache que... je ne sais pas. J'avais soudain les yeux pleins de larmes. Je me suis dit qu'on verrait un peu plus tard pour la lettre. Sur le lit, il y avait aussi la liste des bouquins et des fournitures scolaires envoyée par le lycée, et la date de la rentrée. Plus une carte de Mathieu, postée deux jours avant, quand j'étais encore à Nice. Un coucher de soleil, et quelques mots griffonnés derrière : « *Ne pars pas trop loin. Je t'aime. M.* » J'ai souri, en espérant soudain bizarrement que Greg l'ait lue. Puis j'ai remarqué un mot griffonné sur un post-it, Léo me prévenait qu'il était « aux Seychelles », avec Mathias et Valentine. J'ai attrapé mon panier, sans réfléchir. Il fallait que je sorte, me changer les idées. Peu importe comment j'y arriverais, j'allais me baigner aux Seychelles, point. Plutôt mourir que de demander quoi que ce soit à ce pervers sur la terrasse. Mme Versini et ma mère étaient penchées sur des comptes à la réception. J'ai donc courageusement traîné le solex jusque sur la route. Je n'étais jamais montée sur un engin pareil. J'avais juste l'habitude du scooter confortable de Mathieu. Francesco est arrivé à pied sur la route avec Doumé. Barbe-bleue n'avait pas évolué d'un iota. Il m'a dit bonjour comme si on s'était vu cinq minutes avant, puis sans un mot de plus, il m'a aidé à faire démarrer la machine infernale, Doumé m'a indiqué le chemin pour la plage à l'arbre dans l'eau, et m'a rappelé d'être hyper prudente. Je me suis lancée sur la route, maîtrisant plutôt mal le solex, qui faisait de grands écarts sur le côté. J'ai pris de la vitesse dans la première descente, et j'ai souri en entendant Francesco crier derrière moi :

— Ta mère est au courant ?

Que dire ? La vie a repris. L'été finissait, les plages et les terrasses se vidaient complètement. La température devenait plus supportable, toujours 25° début septembre, quand même. Sinon, mon rocher, mes déjeuners solitaires au café, des balades avec Léo, perfectionner mon crawl avec Mathias, apprendre le trait d'eyeliner subtil mais pas pouffiasse à Valentine, des coups de cafard au coucher du soleil, mes nouvelles robes de Nice qui restaient dans leurs sacs, des coups de fil passionnés avec Mathieu, et me débrouiller pour éviter Gregory le plus possible. De toute façon, il n'était pas souvent à la maison. D'après ce que j'avais pu soutirer à Léo, son frère prenait une sorte d'année sabbatique pour « faire des trucs ». Avant, il était à la fac, soi-disant en psycho. Ça m'avait valu un fou rire au téléphone avec Jess'. J'avais tenté d'asticoter Mathias aussi, en rentrant de la plage une fois, sur ce que faisait le grand Greg de sa vie, mais sans beaucoup plus de succès. Il m'avait regardé comme si j'étais flic, me répondant que je n'avais qu'à lui demander directement. J'étais furieuse :

— Oui, enfin, en gros, il ne fout rien...

Mathias s'était approché tout près de mon oreille :

— Non, non, non... La journée, il récupère, parce que le soir... Crois-moi, il a plein de trucs à faire... C'est notre maître... Toutes les filles de l'île sont passées dans son pieu !

— Pffftt... c'est pitoyable...

— Ça a l'air de t'énerver d'une force...

— Moi ? Ça me ferait mal...

Il se tenait pile en équilibre sur un rocher, tout près de moi en plus, je n'ai eu qu'à le pousser légèrement pour qu'il tombe dans l'eau, avec son jean blanc favori. Il a attendu deux jours pour se venger sournoisement en me retournant un bol entier de tiramisu sur la tête quand je sortais de ma douche. Les garçons ont toujours cinq ans au fond d'eux, croyez-moi sur parole. Mais je m'entendais vraiment bien avec Mathias, il était drôle et simple. Il comprenait pas mal de choses, même s'il ne faisait aucun commentaire ou faisait constamment des blagues. Son seul point noir, c'était et c'est toujours sa complicité permanente avec Greg. Il l'idolâtrait. C'était limite pathologique. Même Léo, qui adorait son grand frère, se moquait de cette passion de Mathias, en l'appelant « *Aghju da fà cum'è tù dici* », en Corse : « Je ferai comme tu as dit. » De toute manière, dès que Greg arrivait, j'avais immédiatement perdu. Léo et Mathias se rangeaient immanquablement de son côté, solidarité masculine sans doute. Par contre, Valentine lui tenait tête, elle me défendait quand il allait trop loin, mais il arrivait toujours à la faire rire quand même, et je voyais bien qu'elle était sous le charme. Elle m'avait dit un jour qu'il « séduirait une pierre s'il se donnait la peine ». Ça me faisait rire. Comme j'avais expliqué à Jess' : on a les héros qu'on peut.

DIX

Grande nouvelle : je n'étais pas peu fière, mais, après plusieurs essais, le solex était devenu mon meilleur ami. Je le gérais de mieux en mieux, et cela me donnait une nouvelle liberté incontestable. Plus besoin de me limiter à un territoire que je pouvais couvrir à pied, ou d'attendre inlassablement que Mme Versini ou Val' ou Mathias ou Léo daigne me véhiculer. J'avais découvert moi-même d'autres criques. Je roulais sans trop savoir (en même temps, il n'y a qu'une route, grosso modo), je flânais dans de nouveaux endroits : Lavasina, Brando, Miomo... Je m'arrêtais pour boire un café en terrasse avec un bouquin. Je passais voir Valentine dans son adorable village, Figarella. Un vrai village de conte de fées, où on a l'impression d'être dans un décor de cinéma, que le temps s'est arrêté, comme dans les émissions idiotes où ils font des reportages sur des endroits en France dont tu ne soupçonnes même pas l'existence, pour te montrer que si, des vrais gens vivent là. La mère de Val' faisait le meilleur fiadone du monde. C'est indescriptible si on ne connaît pas. Une sorte de tarte-gâteau au fromage frais, sucré-croustillant, subtil parfum au citron, moelleux à souhait ! Bref, j'aurais fait encore quarante-cinq kilomètres en solex pour en manger. Avec Valentine, on pouvait parler de beaucoup de choses, avec sa mère aussi d'ailleurs. Je posais pas mal de questions sur des sujets que je n'arrivais pas trop à aborder avec Léo ou Mathias, ou même maman. Parler de ce que ça leur faisait de vivre aussi isolées, même si Bastia n'était pas loin. Parler de cette sensation bizarre d'être françaises mais corses, de pourquoi elles tenaient tant à parler leur langue, de cet attachement inouï pour, simplement, une terre. Je ne comprenais pas tout, je n'étais pas intégrée encore… mais je me sentais étrangement libre ici, quasiment plus adulte. C'était une sensation bizarre : j'étais assez seule globalement, mais en même temps, j'avais cette impression constante d'être entourée et presque protégée par… l'île elle-même. Comme si je faisais plus ou moins partie d'un club. Je connaissais de mieux en mieux les endroits, les raccourcis, les coins cachés. Même si j'évoluais dans un tout petit périmètre, je souriais à tout le monde en passant : le vieux pêcheur, la boulangère, Léna, ou même Luigi que je croisais souvent à jouer aux boules sur la place d'autres villages… Sourire aux gens, une chose impensable à Paris.

Le grand changement dans mon petit rythme a été ce 6 septembre : la rentrée. Jess' paniquait aussi, on avait passé une heure la veille au téléphone, elle était presque au bord des larmes. Sans moi, le lycée, ce serait insoutenable ! J'avais réussi à la faire rire en lui racontant le bus, mon lycée de villageoise à moi, à douze kilomètres de la maison. Elle avait simplement relevé que je disais « la maison ». À 8 h le lendemain, j'étais plantée avec Léo au café de Léna. Mathias et Val' nous ont rejoints. Le bus a klaxonné et, vingt minutes plus tard, on y était. À part qu'il faisait 27 degrés et que tout le monde avait l'air de revenir de la plage, je me suis sentie très vite rassurée. Bastia était une ville tout ce qu'il y a de plus ville, le lycée ressemblait à un lycée très banal, les profs pareils. Et même les élèves paraissaient parfaitement normaux. J'ai repéré mon nom sur une liste et, comme à Montaigne, je me suis perdue dans les couloirs pour finir par arriver en Première L 2, salle 456, avec M. Carratini, mon prof principal d'histoire-géo. Comme ma mère me l'avait expliqué, elle avait demandé que Léo soit dans ma classe. Franchement, cela m'a rassurée qu'il vienne s'asseoir à côté de moi, même si mes yeux cherchaient machinalement les boucles rousses de Jess'. Mathias et Val' se sont retrouvés en Terminale C ensemble. Et on a déjeuné tous les quatre au café, en plein soleil, devant la mer, en râlant sur nos emplois du temps horribles. Hyper normal. Le lycée a tout changé à ma petite routine molle en Corse. Très vite, le temps s'est mis à filer sans que je m'en rende compte. Le réveil, le bus, les journées de cours, le bus encore, les devoirs. J'avais à peine le temps d'appeler Mathieu tous les jours. Heureusement, le temps restait exceptionnel : au mois d'octobre, on se baignait encore tous les jours. C'était la toute première fois que j'avais aussi bonne mine en plein premier trimestre. À la maison, par contre, l'ambiance restait spéciale. On ne dînait même plus tous ensemble. Chacun gérait un plateau en fonction de ses activités. Mathieu hallucinait sur la nouvelle politique éducative de ma mère. En gros, j'avais l'impression de vivre déjà dans un hôtel, où je la croisais de temps en temps, souriante, amaigrie et affairée. D'un coup d'œil, elle me demandait si tout allait bien. Elle vérifiait mes devoirs, se rassurait de voir mes bonnes notes et repartait dans ses délires décoratifs. Elle ne me disait rien, mais je la sentais tendue. Elle passait beaucoup de temps au téléphone, des soucis de fournisseurs, de paiements, de retard. Elle avait tellement changé, je la trouvais hyper débrouillarde, limite business-woman, elle que j'avais trop souvent jugée oisive et assez molle. Ici, on ne ressentait pas réellement le manque d'argent, mais globalement, le niveau de vie avait quand même bien changé. Je pensais à ma mère de Paris, toujours impeccable, avec son coffre à bijoux, ses tailleurs de marque, nos vacances à Courchevel, Saint-Tropez, Los Angeles... Tout ce à quoi elle avait renoncé. Je repensais aux réflexions de June. Elle devait vraiment l'aimer son Corse muet et taciturne. Lui, Francesco, demeurait un mur de silence : ni hostile, ni désagréable, mais sa conversation se bornait toujours à quelques propos banals, du type « Bonne journée ! », « À quelle heure demain le contrôle d'anglais ? » ou « Rentrez pas trop tard. » Au lycée, je commençais à avoir quelques vagues connaissances, des filles qui partageaient mes cours, avec qui je parlais finalement peu. Bizarrement, je m'étais énormément rapprochée de Valentine, même Jessica commençait à faire sa jalouse. Je minimisais, c'était une copine, pas une amie. Mais nos horaires faisaient qu'on se retrouvait souvent libres en même temps. Petit à petit, on a commencé à pas mal discuter : on déjeunait ensemble, on allait se baigner au rocher, on révisait, appuyées au soleil, contre la Tour du Port, notre QG. Derrière sa carapace de guerrière un peu agressive, j'ai trouvé une fille plutôt sympa, assez éloignée de la plouc de base à laquelle je l'avais immédiatement assimilée. Sa meilleure amie, Sophie, était partie en pension à Ajaccio, elle se sentait du coup presque aussi seule que moi. Avec Mathias et Léo, on est devenus assez naturellement un quatuor relativement soudé. Cela n'avait rien à voir avec Jess' et Mathieu, ou même June, mais j'étais contente qu'ils soient là, simplement. J'avais aussi vite remarqué qu'au lycée les autres nous mettaient subtilement tous les quatre de côté : on était le clan d'Erbalunga, les habitants assimilés de l'étrange hôtel gris et bleu. On est toujours les ploucs de quelqu'un d'autre, finalement.

Grâce à mes conversations avec Val', je commençais petit à petit à avoir des réponses à mes questions à propos du clan Amorisini. Mais, du coup, ma curiosité était encore plus forte. Un jour, alors que nous étions installées sur la terrasse pour bosser le latin, j'avais évoqué à nouveau la mère de Greg et Léo. Valentine avait immédiatement levé les yeux sur moi.

— Eva ?

— Oui... elle est morte comment ?

Elle a baissé la voix, l'air ennuyé.

— Cancer. Je crois que ça a été assez foudroyant. C'est ce que Greg m'a dit.

— Il te parle ? Comme tu as de la chance !

— Ça ne va pas mieux ?

— Non. Et je m'en fous. Je ne le supporte pas.

— C'est un peu l'effet qu'il fait à tout le monde... Mais c'est un mec bien, je te jure. En plus, vous avez plein de points communs...

— Je ne sais pas comment je dois le prendre.

Elle a ri, croisé ses mains derrière sa tête, en me regardant par en dessous :

— Par exemple, au début, forcément, on vous déteste.

Je l'ai regardée avec des yeux ronds. Elle s'est replongée dans sa version sans rien dire. Il y a eu un silence assez long. J'ai entendu la voiture de Greg, musique à fond, se garer dans la cour. J'ai chuchoté :

— Tu l'as connue, Eva ?

— Non. Ils sont arrivés un an après. À cause de la maison...

— La maison ?

— Ici. Ils ont déménagé... c'était trop pénible de rester là-bas après... Le terrain et la maison ici étaient au nom de Greg, sa mère lui avait laissé...

— Greg a tout donné à son père ?

— En gros, oui...

J'ai senti qu'elle voulait abréger la conversation le plus vite possible. Elle plissait les yeux sur sa feuille comme si sa vie en dépendait. Mais le puzzle commençait juste à me plaire... Il n'était pas question de la lâcher :

— Ils habitaient loin ?

— Quand ?

— Ben, avant, ils étaient où ?

Une assiette s'est posée bruyamment sur la table, nous faisant sursauter toutes les deux. Je me suis mise à fixer bêtement l'assortiment de charcuterie qu'elle contenait, sans oser bouger. Un silence. Puis la voix traînante de Greg :

— *Parlaccia, parlaccia... carugnaccia* !

Valentine s'est tournée vers lui assez brusquement :

— *So statu eiu...*

Il n'a rien répondu, et il est parti dans la cuisine. J'ai entendu le bruit de la poêle sur la gazinière, le frigidaire qui s'ouvrait. Valentine piquait de la coppa dans l'assiette en souriant. Je me suis penchée vers elle.

— Qu'est-ce qu'il a dit ?

— J'ai dit que vous étiez des concierges... en moins poli.

De nouveau, il était planté derrière nous. Ce mec faisait moins de bruit que Joséphine avec ses coussinets. Il a posé ses deux mains sur les épaules de Val' et a commencé à la masser. J'ai senti l'odeur des figatelli grillés qui venait de la cuisine. C'est une sorte de saucisse d'ici, radicalement grasse et absolument délicieuse. Greg a lâché les cervicales de Valentine, pour s'allumer une cigarette. Il a enlevé son tee-shirt qu'il a jeté sur la table, à deux centimètres de mon classeur de latin. Je n'ai pas bougé. C'était une manie chez lui : il fallait qu'il soit constamment presque à poil et il adorait qu'on le remarque. Le téléphone a sonné. Et, quelques secondes plus tard, Mme Versini l'appelait. J'ai attendu d'entendre sa voix bien lointaine à la réception, pour chuchoter à nouveau...

— Tu lui as dit quoi ?

— J'ai dit que c'était ma faute. Tu devrais te mettre au corse, discrètement, ça t'aidera...

— Pourquoi on ne peut parler de rien ici ? C'est l'olmerta ou quoi ?

— L'Omerta, pas l'Olmerta...

— Oui, ben, c'est pareil, tous les sujets sont tabous...

— Carla, tu ne devrais pas dire ça, ce mot, c'est une règle du silence dans la mafia, et... franchement, c'est un réflexe très con. Comme ceux qui disent qu'on veut tous l'indépendance, ou qu'on est des bandits, tu vois ?

Il n'y avait aucune agressivité dans sa voix, plutôt un peu de tristesse et beaucoup de douceur surtout. Je me suis sentie mal à l'aise. Elle s'est levée avant que j'aie pu m'excuser, pour aller chercher les figatelli avant qu'ils ne brûlent. Greg est revenu s'asseoir avec un grand sourire, une bouteille de vin Patrimonio Blanc et trois fourchettes.

— Tu goûtes avec nous, Parisienne, ou tu préfères un pain au chocolat ?

Je lui ai fait mon plus joli sourire.

— Je préfère le figatell', merci.

— *Un sariate micca Corsu ?*

J'ai regardé avec désespoir Valentine pour qu'elle me vienne en aide. Mais Greg m'a servi un verre de vin avec son petit sourire habituel, en plus doux :

— Je te demande si tu n'es pas Corse... avec ta prononciation parfaite !

— Ah, non, pas du tout.

— Ça pourrait venir...

Il a dit ça avec une drôle d'intonation, un peu provocante et à la fois assez ironique. Sans cesser de me regarder comme il le faisait toujours, un peu par en dessous. J'ai levé mon verre :

— *Pace Salute ?*

Valentine m'a imitée, et on a trinqué tous les trois. Une sorte d'armistice.

Quelques jours plus tard, acte deux, au soleil un peu timide de novembre : j'étais tranquillement installée au pied de la Tour à tenter de dépasser la page 12 des *Mémoires d'outre-tombe*, quand je l'ai vu arriver de loin. Greg, reconnaissable au premier coup d'œil : torse nu, pieds nus, jean en ruine et ses épaules carrées. Il s'est arrêté au café pour embrasser Doumé et Léna, ensuite, il s'est dirigé droit sur moi. Machinalement, j'ai lâché mes cheveux et vérifié que mon pull découvrait bien mon épaule, d'une manière très naturelle, bien sûr. Il avait toujours tendance à me faire des réflexions odieuses sur mes fringues. Heureusement pour moi, j'avais vite compris qu'ici, la notion de style était à bannir. Je ne m'habillais plus qu'en pantalon de toile chinois bleu nuit, et large pull en coton. Couleur locale. Loin de mes habitudes de petit look fashion. Arrivé à quelques mètres, il m'a appelée et j'ai joué l'étonnée, celle qui ne l'avait pas vu avant...

— Il faut que tu remontes, princesse, y'a du boulot !

— Qu'est-ce qui se passe ?

— Tu déménages.

— Hein ?

— Je te veux à portée de main...

Sourire en coin. Puis, il m'a tendu la main pour m'aider à me lever, planté pile devant le soleil. Il a tiré de toutes ses forces, par surprise, et je me suis retrouvée quasiment le nez dans son cou. J'ai reculé d'un pas. J'ai senti la rougeur me monter aux joues, comme d'habitude.

— Quoi ?

— Léo et toi, vous montez au quatrième, on libère vos chambres, pour les clients...

— Quels clients ?

Il n'a pas répondu. J'ai ramassé mes cahiers en maugréant. Super. Moi qui commençais juste à m'habituer à cette pièce, limite, à la considérer comme un refuge maintenant que j'y dormais depuis des mois. L'idée de migrer à cet étage, coincée entre les deux frères, m'a complètement démoralisée. Et apparemment, ça s'est vu.

— Cache ta joie.

— Non, mais... faut tout débarrasser tout de suite ?

— Et ouais...

Le soir même, je me suis activée pour le « déménagement », en râlant au maximum. Comme prévu, je me suis retrouvée pile au milieu des deux garçons. On a passé trois soirées à faire des allers-retours, les bras chargés de fringues, de bouquins, etc. La chambre était un peu plus petite, mais elle donnait de l'autre côté, sur la mer. Et comble de bonheur, j'avais aussi une minuscule terrasse comme Léo. Pas aussi grande que celle de Greg, sur laquelle il adorait prendre de longs bains de soleil, totalement nu. J'en ai vite fait l'expérience, et j'ai compris qu'il fallait toujours sortir avec prudence, pour tâter le terrain sur ma droite. L'installation au quatrième a encore marqué une nouvelle période de ma vie ici. C'était désormais quasiment impossible d'avoir une quelconque intimité dans la maison. Je partageais tout, volontairement ou pas, avec les deux garçons. Du coup, pour me protéger le plus possible des remarques de Greg, je me suis encore rapprochée de Léo, Mathias et Valentine qui passaient le plus clair de leur temps « à notre étage ». Parfois même, on dînait là-haut, tous les quatre. On était devenu un clan indépendant (voire indépendantiste...), comme ma mère me le reprochait souvent. Mathieu avait une théorie là-dessus, et il avait raison : elle se retrouvait partagée entre l'énervement et la satisfaction, puisqu'au fond on ne pouvait pas dire que je ne m'étais pas intégrée, et c'est ce qu'elle prétendait souhaiter plus que tout. Mais la promiscuité avait ses limites... J'avais de plus en plus de mal à pouvoir m'isoler, moi la fille unique. J'en arrivais à vivre exactement comme dans une famille nombreuse et recomposée.

— C'est un peu ça en même temps, tu es la demi-sœur de Greg et Léo, maintenant, au fond...

Cette constatation de Mme Versini, l'air de rien, un matin, m'avait bizarrement paru insupportable. D'abord Francesco et ma mère n'étaient pas mariés, vu que le divorce de mes parents ne serait prononcé qu'en janvier, et puis, je ne sais pas, j'ai détesté l'idée. Il y avait quelque chose de trop définitif dans ce raccourci de filiation. Honnêtement, je considérais Léo comme un pote, je l'aimais bien, mais un frère, c'est quand même autre chose. J'ai passé la journée à retourner ça dans ma tête. J'ai fini par en parler à Mathieu, à midi, entre deux cours. Il a tout de suite su trouver les mots, comme toujours, pour me rassurer : j'avais peur que ça place la situation dans un contexte éternel, que ça sous-entende que j'allais intégrer cette famille pour de bon, ne jamais revenir. Ce n'était pas la peine de m'en faire, c'était juste une phrase qui se voulait gentille. Et puis, il a marqué un temps et posé cette question :

— Et Gregory ?

— Quoi, Gregory ?

— Je sais pas, tu n'en parles jamais, et là, tu te poses des questions sur Léo comme un frère, mais lui, c'est pareil, non ?

— Oui, bien sûr...

— Je t'entends plus bien, Carla.

— Je disais oui, oui, c'est pareil.

Greg, ce n'était absolument pas pareil. Et je le savais parfaitement. Mais je n'ai pas argumenté. Quelque chose n'allait pas, et il fallait faire attention. Mathieu était de plus en plus tendu au téléphone au fur et à mesure que le temps passait. On ne s'était pas « vraiment » vu depuis Nice. Aux vacances de la Toussaint, j'avais rejoint mon père au Maroc pour une semaine d'ennui mortel dans un prétendu « super hôtel », à le regarder téléphoner et envoyer des mails à la clinique. Au retour, j'avais quand même passé deux jours à Paris, mais Mathieu avait cours (vu qu'on ne faisait plus partie de la même zone de vacances...) et on n'avait fait que se croiser. Sans parler de mon humeur : retrouver mon lit, ma chambre, l'appartement, la ville, les bruits... Bref, un tout petit bout de ma vie d'avant. Le résultat avait été pire que je l'aurais imaginé : quarante-huit heures de sanglots, et pas beaucoup de place pour le romantisme. Mathieu n'avait globalement fait que me consoler. Depuis, à part un aller-retour à Marseille – offert généreusement par maman – où il passait deux jours avec ses parents (bonjour le week-end intime...), rien. Tous nos projets de week-end avaient fini par s'effondrer. En résumé, presque quatre mois sans se voir. Jessica m'accusait de ne pas y mettre du mien, de m'éloigner, et même de ne plus être amoureuse, mais elle se trompait complètement. C'est assez compliqué à expliquer, un sentiment contradictoire et super-étrange tournait dans ma tête : ça me faisait plus mal de le voir que de ne pas le voir. Et puis aussi, je payais trop cher à chaque fois, je mettais des jours et des jours à simplement m'en remettre. Et enfin, fondamentalement, je n'avais pas très envie qu'il vienne, ni même Jess'. Je savais qu'ils finiraient par le faire, et par découvrir Erbalunga, la maison, les gens, les plages, le café... Je savais trop bien quel regard ils auraient sur tout ça. Et je n'aurais pas la force de supporter ce regard. J'ai essayé d'en parler à Léo, un soir. Il n'a absolument rien compris...

— Ou peut-être que tu n'as pas envie qu'ils fassent partie de cette vie, ici.

— Pas du tout. j'ai juste peur qu'ils n'aiment pas, qu'ils critiquent tout, qu'ils se sentent mal à l'aise...

— Toi, tu aimes ?

— Moi, mon vieux, je n'ai pas trop le choix...

— Quelle mauvaise foi !

177

On était vautrés sur son lit, devant les restes d'une pizza. Je me suis relevée d'un bond.

— Mauvaise foi ?

— Tu as parfaitement compris, *pinzute* !

Plus tard, je suis sortie sur ma micro-terrasse, je n'arrivais pas à dormir... J'étais complètement angoissée, je ressassais les propos de Léo, je me demandais si je n'étais pas en train de perdre Mathieu. Manque de bol, Greg était aussi dehors, installé sur sa terrasse de prince. J'ai voulu rentrer tout de suite, en espérant secrètement qu'il ne m'avait pas vue, je n'avais vraiment pas envie de parler, surtout avec lui. Pas du tout en forme pour une dispute. Mais il a été très rapide :

— Il se trompe. C'est pas de la mauvaise foi, chérie...

J'en suis restée sans voix. Il avait une antenne parabolique à la place des oreilles...

— Tu passes tes soirées... collé à la porte ou quoi ?

Il s'est levé et s'est appuyé à la rambarde. Je ne l'avais jamais vu si peu agressif, l'attitude, le ton de sa voix, il y avait quelque chose de changé :

— J'ai entendu, c'est tout. Je crois que tu ne t'en rends pas compte, en réalité...

— Pardon ?

— Quand tu aimes, tu ne peux pas expliquer pourquoi, tu ne peux pas décrire les sensations, tu ne peux pas énumérer des raisons. Enfin, pas tout de suite. Parce que tu ne le sais même pas toi-même, au début... Même tu luttes contre ce que tu ressens, parfois, non ?

Je n'ai pas réussi à émettre un son. Je suis restée là, droite comme un I, en chemise de nuit, debout en pleine nuit, sous les étoiles. Il y a eu un long silence. Il ne me regardait toujours pas.

— Tu ne sais pas encore que tu es bien ici... Tu voudrais surtout que ça ne soit pas vrai, mais pourtant, si. Tu en as même honte. Ici, c'est comme ça. Cette île. Cet endroit. La force et l'évidence de tout. Ça vous prend petit à petit, c'est dans l'air, on tombe amoureux sans s'en rendre compte.

— Et dire que je ne voulais pas croire que tu avais fait psycho...

Il s'est tourné vers moi, son éternelle clope au bec dont je ne voyais qu'un bout incandescent. J'ai entendu Léo fermer sa fenêtre. J'avais très froid, d'un seul coup.

— J'étais à la fac à Marseille. J'ai arrêté au bout de quatre ans, en DESS. Mon père avait besoin d'un coup de main, c'était important pour moi de m'investir dans cette maison, parce que c'est un souvenir. Et puis, elle me manquait trop...

J'avais la gorge sèche. Je sentais bien que cet instant était particulier, il ne m'avait jamais parlé comme ça. Je devais baisser la garde, arrêter les blagues ou les vannes, essayer juste d'avoir un contact simple. D'oublier à quel point il m'impressionnait. M'exaspérait. Me faisait perdre tous mes moyens. J'ai respiré un grand coup.

— Qui ?

— L'île. Chez moi. Tu ne peux pas bien comprendre, ça doit te faire rire, mais tu es petite encore. Quand tu auras aimé quelqu'un, ça te paraîtra évident.

L'envie d'être agressive m'a submergée.

Petite ? Mais quel con ! J'ai pris sur moi pour garder un ton poli :

— Je crois que j'aime déjà quelqu'un, tu sais...

— Blondinet ?

— Mathieu.

— Je crois que tu sais bien que non.

— Écoute, j'ignore ce... où tu veux en venir, mais...

Je n'avais pas pu m'empêcher de hausser la voix. J'ai senti mes ongles s'enfoncer dans la chair de mes poings serrés... Il m'a coupée net :

— Hé, hé, doucement... Ce n'est pas à moi de te le dire, après tout... Dors bien.

Et là, il a fait un truc incroyable : il m'a envoyé un baiser rapide avec sa main. Cinq minutes plus tard, j'étais toujours plantée sur la terrasse, avec ses mots qui tournaient dans les airs. Le lendemain matin, j'avais une dissertation à rendre sur le thème « La littérature empêche les hommes d'être indifférents aux hommes ». Je finissais la conclusion dans la cuisine. M'ayant affirmé qu'elle ne comprenait même pas le sujet, Mme Versini me regardait avec admiration. Il était tôt, personne n'était encore descendu. La première réflexion de maman a été de me signaler que j'avais des cernes. Tant pis, il fallait que je lui parle, j'y suis allée sans détours :

— Je voudrais que Mathieu et Jess' viennent passer trois jours.

Elle s'est arrêtée, la cuillère de son café en l'air.

— Je croyais que tu préférais attendre d'aller chez ton père à Noël ?

— J'ai changé d'avis... je voudrais les voir vite.

— Quand tu veux, chérie... tu sais bien qu'on a de la place... Tu veux que j'appelle Solange ?

Solange, la mère de Jess', fan des *Feux de l'amour*, qui pense que la Corse est italienne et qu'on n'a pas Internet.

— Je vais m'en charger... Le week-end prochain, s'ils peuvent sécher, c'est possible ? Moi, le vendredi, j'ai rien.

— Le week-end prochain ? Déjà ?

ONZE

Ils arrivaient à 12 h 35. J'avais tout organisé en deux heures. Mathieu n'avait pas besoin d'auto-risation à demander pour partir ou sécher, ses parents étaient toujours à Nice. Il offrait le billet d'avion à Jess' qui, elle, avait raconté à sa mère que c'était une question de vie ou de mort, vu que j'étais en dépression nerveuse, perdue sur un continent sauvage. Mathias, Léo et Valentine se réjouissaient d'avoir de la visite, surtout les deux garçons qui plaçaient pas mal d'espoir de drague en Jessica, dont la photo en maillot, che-veux roux jusqu'aux fesses, bien en évidence sur ma table de nuit, avait déjà fait pas mal d'effet. Francesco n'avait, bien sûr, émis aucun commentaire. Et Greg, lui, s'était contenté de sourire en apprenant la nouvelle. Puis, il m'avait regardé droit dans les yeux, en faisant une blague sur mon courage. Je savais très bien ce qu'il devait penser. Que c'était une façon de me rassurer, de le contredire... mais je ne voulais pas y réfléchir. Si je m'écoute trop, je suis d'une nature à tout décortiquer, et là, je sentais qu'il ne fallait surtout pas se poser de questions. J'avais envie de les voir, je sentais que c'était urgent. Point. J'ai passé la semaine entière à tenter de cacher ma nervosité, à appeler Mathieu et Jessica pour les prévenir mille fois de ce à quoi il fallait s'attendre et surtout, de ce à quoi il ne fallait PAS s'attendre. J'ai vérifié leurs chambres jusqu'au moment de partir pour l'aéroport. Maman les avait installés au troisième, du mieux qu'elle avait pu. Mme Versini avait mis des fleurs, les draps bleu pâle, de nouveaux rideaux en lin, des savons en forme de roses, des lampes de chevet en plus. Tout était prêt, et à son maximum. Dans la voiture, mon cœur battait de plus en plus fort, je vérifiais tout : j'avais mis une heure à discipliner mes boucles, et à tenter de retrouver un look plus parisien : jean, pull en cashmere noir, Converse. Au dernier moment, je ne sais toujours pas vraiment pourquoi, j'avais ajouté la chaîne et le pendentif que m'avait offerts Léo, et qui n'avaient pas bougé de mon tiroir depuis. La Corse en argent scintillait donc dans mon décolleté. Ma mère l'avait tout de suite remarqué. J'ai vu ses yeux se coller à mon cou, mais elle n'a fait aucun commentaire. Comme d'habitude, une fois dans les bras de Mathieu, toutes mes peurs se sont momentanément envolées. Il sentait bon, il était beau, même si j'ai tout de suite repéré son air fatigué et sa pâleur. Jessica, elle, paraissait surexcitée, s'extasiant sur le soleil, même si on était début décembre, la douceur de l'air, mon teint... Aucune remarque en découvrant la voiture. Ça se passait bien. Je me suis installée derrière avec Mathieu, nos mains entrelacées, ma tête sur son épaule, pendant que Jess' et ma mère n'arrêtaient pas de parler. C'était la famille. La vraie. Mathieu m'a glissé à l'oreille que maman avait rajeuni de dix ans. Le village, ma mère qui klaxonne, Doumé qui dit bonjour, je lui fais signe qu'on revient plus tard. On croise le vieux pêcheur dans la montée, plus un âne, nouveau coup de klaxon. Mathieu me sourit. Jess' n'arrête pas de répéter « Mais c'est magnifique ! » Le chemin, mon cœur qui recommence à s'emballer. Heureusement, Mme Versini avait enfermé Napoléon dans le bureau de Francesco pour éviter un drame. En arrivant devant la maison, j'ai senti ma tension remonter en flèche, je cherche Luigi des yeux, par miracle, je ne le vois pas. Je regarde leurs visages, prête à tout entendre. Mais rien ne se passe, juste Mathieu qui murmure que « C'est immense... » Puis Léo est sorti dire bonjour, lui aussi avait boudé le lycée aujourd'hui, et ça a fait diversion. Je fais les présentations, Léo sort son sourire de bienvenue. Et tout va mieux. La poignée de main des deux garçons, Jess' qui minaude à propos de la vue magnifique, Mathias (le seul à n'avoir vraiment pas cours) qui bosse sur le toit avec son beau-père, nous faisant bonjour de la main, Joséphine allongée sur le paillasson pile devant la porte d'entrée... Il y avait un joyeux brouhaha, une forme de bordel ambiant, plutôt sympathique. J'ai respiré à nouveau. Personne n'avait l'air mal à l'aise. On s'est tous installés sur la terrasse pour boire un verre. Mme Versini s'activait pour le déjeuner. Je suis allée lui donner un coup de main et elle m'a fait un grand sourire, elle regardait Mathieu, derrière la baie vitrée, qui discutait avec Léo. J'ai suivi son regard : tous les deux, ensemble, ici, l'image m'a paru assez surréaliste. Elle a posé la main sur mon bras :

— On dirait un prince...

Il faisait tellement bon qu'on a déjeuné dehors. Francesco a même été presque de bonne humeur. Mathieu lui a posé plein de questions sur l'hôtel et les travaux, pendant que Jess' essayait de capter l'attention de Léo ou de Mathias. J'avais hâte de la sonder : lequel des deux ? On a bu du rosé, on s'est goinfré d'aubergines farcies au fromage frais, le brocciu, on a parlé de la Tour du port, comme disait Jess' : un vrai déjeuner de vacances. Et comble du bonheur : Greg ne s'est pas manifesté. Ensuite, j'ai montré le reste de la maison. J'ai vu une ombre de contrariété passer dans les yeux de

Mathieu en découvrant « notre étage ». Ma chambre, coincée entre celle des deux frères. Avec encore un maillot de Léo séchant sur ma terrasse, en prime. Ils ont rangé leurs affaires, et le vrai debriefing a eu lieu après, installés au café. Jessica ne jouait pas la comédie, elle était comme toujours : directe et drôle.

— Bon, on est d'accord : c'est pas le Palais des Palmes, mais franchement c'est sympa. Ils sont tous vachement cool en plus. Même Joe le Taciturne, je l'ai vu sourire à table, facilement deux fois.

Mathieu restait plus discret sur ses commentaires. Il posait des questions sur la vie ici, les horaires, les habitudes, les gens... Il regardait attentivement chaque détail, comme s'il découvrait réellement tout ce que je lui avais raconté. Je le regardais, son profil parfait, penché sur sa tasse de café. C'était bien qu'il soit là. C'était important.

— Et sinon, dans ce bled, où est le cinéma, la boîte hype et bien sûr, le plus important : H&M ?

Ma Jessica. J'ai immédiatement pensé que si

elle avait dû venir s'installer ici, elle se serait sans doute habituée en trois jours. On n'était pas amies par hasard, j'avais besoin de son optimisme incroyable, de cette énergie presque fatigante. Je les regardais encore, tous les deux, je sentais les choses s'apaiser en moi, les questions devenir floues, le calme s'installer. On a parlé jusqu'au soir : le lycée, les ragots, le nouveau petit copain de June (un jeune mannequin italien de 15 ans...), les profs... Ça faisait un bien fou. Mathieu m'a annoncé que ses parents avaient des ennuis, ils faisaient eux aussi des travaux d'agrandissement dans leur palace, pour construire un spa ultra chic, comme un petit centre esthétique, et ça se passait mal. Ils attendaient des clients importants début mars, une nuée de journalistes, et, à priori, rien ne serait prêt. Ils perdaient pas mal d'argent. Jessica nous a immédiatement fait rire en suggérant que les journalistes pourraient être redirigés sur Erbalunga, aux bons soins de Francesco, au cas où... On est remontés pour dîner, bras dessus, bras dessous, j'étais au milieu, serrée entre eux, et j'ai à peine sursauté en voyant la 4L orange garée bien en vue dans la cour.

On l'a croisé dans l'escalier. Ça a duré une minute maximum. Il a souri, tendu sa joue à Jess', serré la main de Mathieu sans même le regarder. J'ai eu à peine le temps de balbutier :

— Euh... Gregory... voilà... Jessica et... Mathieu...

Il a continué à dévaler les escaliers sans réagir. Arrivé juste en bas, il s'est retourné vers nous :

— Demain soir, Val' fait une soirée. Si vous voulez venir, j'emmène Léo vers 22 h. Vous me direz...

Jessica est venue me faire son rapport dix minutes plus tard, pendant que Mathieu prenait sa douche. On s'est isolées sur ma terrasse... Elle chuchotait comme si la CIA avait disposé des micros dans chaque pièce :

— Dis- moi, c'est lui, la bête du Gévaudan ?

— Oui, ben, faut pas se fier aux apparences... Il est un peu trop sympa ce soir...

— Attends, mais c'est une bombe ! Pourquoi tu m'as rien dit ?

— Faut pas pousser... Je croyais que Mathias te plaisait ?

— Mathias est pas mal, certes... Mais lui, c'est carrément le deuxième étage !

— T'es bête... Et Léo ?

— Ouais, il est mignon aussi. Un peu timide mais pas mal pour un autochtone... Franchement, ma vieille, t'es tombée dans un pur nid !

J'ai attendu deux heures du matin pour rejoindre Mathieu au troisième. Maman avait fait une ronde pour nous dire bonsoir vers minuit, et Mathieu et Jess' discutaient encore avec Léo et Mathias, tous vautrés sur mon lit. Mathieu et Léo surtout, semblaient s'entendre parfaitement : des trucs de mecs typiques, vous savez, ambiance on parle de *Star Wars* et on est trop potes. Ça me faisait rire, surtout quand ils ont commencé à discuter du bac, du chômage, des débouchés... On aurait dit un grand débat politique. Jess' ne perdait pas de temps de son côté. Je la voyais se contorsionner pour arriver à toucher le plus naturellement possible le bras de Mathias. Quand tout le monde a enfin débarrassé le plancher, j'ai sorti ma chemise de nuit préférée (la plus courte, façon nuisette), relevé mes cheveux avec une baguette chinoise, et je suis sortie sur la pointe des pieds. Léo a entre-bâillé sa porte avec un sourire taquin :

— T'as oublié un truc en bas ?

— Chuuut...

— Tu veux des capotes ?

— Va te coucher, relou...

J'ai commencé à descendre doucement, en essayant de ne pas faire grincer chaque marche. Il faisait complètement noir. Arrivée au milieu de l'escalier en colimaçon, j'ai entendu du bruit et des chuchotements : quelqu'un montait dans l'autre sens. J'ai voulu rebrousser chemin en vitesse, mais trop tard, je me suis retrouvée nez à nez avec Greg, une bougie à la main... Il a regardé ma tenue avec un petit air très clair. J'ai deviné immédiatement une forme derrière lui...

— Tu descends, princesse ?

— Oui... je...

— Ça va, j'ai compris.

J'ai dû m'enrouler littéralement contre la rampe pour qu'il puisse passer, l'escalier est vraiment minuscule. Je l'ai senti se coller à moi, une odeur d'alcool assez forte, et son parfum d'ambre tout autour. En passant, il a posé ses deux mains de chaque côté de ma taille pour s'aider, et il les a légèrement serrées. J'ai eu des frissons de la pointe des pieds au sommet du crâne. Puis, c'est une autre personne qui s'est glissée derrière moi ; un autre parfum, une voix féminine assez douce qui a chuchoté :

— Pardon... désolée...

J'ai juste eu le temps de me retourner pour apercevoir une longue silhouette qui gravissait les dernières marches, des cheveux longs plutôt clairs, une petite robe noire et des talons à la main. En haut de l'escalier, il a allumé, je l'ai vu enlacer la fille, et la faire entrer dans sa chambre. Ils riaient. La porte restait ouverte, ils se tenaient juste sur le seuil, je n'arrivais pas à bouger d'un pouce. Il a enlevé son tee-shirt et l'a attirée vers lui, ils ont commencé à s'embrasser. Je voyais sa main passer sous la robe noire, j'ai entendu les chaussures à talons tomber. Puis soudain, la voix de Léo, assez forte :

— Putain ! Silence !

La lumière de l'étage s'est éteinte. Je les voyais en ombre chinoise, juste à la lueur de la lampe de la chambre, celle à l'ampoule rouge. Greg a pivoté en tenant toujours la fille blonde dans ses bras, elle me tournait le dos, il a dénoué le nœud qui retenait sa robe autour de son cou, tout en l'embrassant sur les épaules. En un éclair, soudain, il a relevé les yeux, et je n'ai pas eu le temps de bouger. J'ai eu l'impression qu'il me souriait. Et la porte s'est fermée d'un coup. Le noir total, à nouveau. Les battements saccadés, incontrôlables, de mon cœur.

Le samedi, il faisait un temps sublime. Maman était partie tôt avec Francesco pour une réunion de chantier à Bastia. Mme Versini a proposé de nous emmener tous à Nonza, pour un pique-nique sur la fameuse plage noire. De toute façon, j'aurais donné n'importe quoi pour partir de la maison avant de le croiser. Je n'avais rien dit ni à Mathieu, bien évidemment, ni même à Jess', parce que je ne comprenais toujours pas bien pourquoi cette scène m'avait tant troublée. J'ai fait se dépêcher tout le monde, préparé en vitesse quelques trucs à manger. Et en sortant m'installer dans la voiture avec Jess' et Léo, je suis tombée sur Greg et Mathieu, juste devant la maison. Ils aidaient Luigi à poser une plaque sur la façade. Greg m'a accueillie avec son habituel air dégagé, auquel il a ajouté un clin d'œil très peu discret :

— Bien dormi, princesse... ?

J'ai simplement réussi à murmurer un « Hum, hum... » assez pitoyable. Jessica les regardait avec intérêt : Mathieu tenait une large plaque dorée, pendant que Greg mesurait l'espace pour la poser. Un rayon de soleil est tombé pile sur la plaque, envoyant des reflets d'or dans toute la cour. Je ne tenais pas en place : il fallait qu'on parte, que je respire. Jessica m'a regardée bizarrement :

— Ce soir, champagne, on fête la plaque... On passera en acheter en rentrant !

— La plaque ? Quelle plaque ?

Mathieu a éclaté de rire.

— Je sais pas, celle que je tiens dans les mains ! Tu as lu ?

Je me suis concentrée, il y avait, en effet, une

inscription en lettres anglaises : « *L'HÔTEL – AMORISINI – ERBALUNGA – EFSGLC* »

J'ai plissé les yeux pour relire attentivement.

— Qu'est-ce que c'est que le mot à la fin ? Qu'est-ce que ça veut dire ?

Greg a pris la perceuse, il regardait fixement le petit rectangle d'or. Tout le monde se taisait.

— Ce n'est pas un mot. C'est un groupe. Les initiales d'une... famille, on va dire.

Jessica a commencé à lire tout haut :

— Ah... OK ! Francesco... euh... Soline... Gregory... Léo et Carla ! Mais le « E » , c'est... ?

— Eva. Ma mère.

Léo avait dit ça presque en chuchotant. Mathieu lui a tendu la plaque. Le silence s'est fait clairement pesant. Greg a commencé à percer le premier trou dans le mur, et j'en ai profité pour appeler Mme Versini. Le temps qu'elle verse sa petite larme devant la plaque, on est enfin partis... Comme Jess' s'étonnait de voir ma mère et Eva cohabiter en toute amitié au royaume des initiales... j'ai brièvement expliqué ce que je savais, en espérant que Mme Versini viendrait compléter mes maigres connaissances

196

sur ce qui s'était passé. Mais elle n'a rien dit, les yeux rivés sur la route, l'air absent. Mathieu, pour plomber définitivement l'ambiance, a finalement chuchoté qu'il n'y avait rien de pire au monde que de perdre sa mère. C'est là que Mme Versini a parlé :

— Ça a été terrible... surtout pour le petit... Mais aujourd'hui, Soline est là. Pour Francesco, c'est un miracle, d'avoir retrouvé son amour de jeunesse...

Au début, personne n'a réagi. La phrase a simplement tourné dans la voiture. Avec le bruit du vent, je me suis même demandée si j'avais bien entendu. Mais Mathieu m'a regardée avec un air tellement halluciné, que j'ai fini par réagir... Trop tard, Jessica avait déjà compris que quelque chose ne tournait pas rond, elle a sursauté la première :

— Son amour de jeunesse ? Mais ils ne se sont pas rencontrés l'année dernière ? !

— Hein... oui... sans doute...

Mme Versini bredouillait, je voyais ses mains se crisper sur le volant. J'ai enchaîné d'une voix plus douce :

— Mais comment ça : « sans doute » ? C'est ce que maman m'a raconté, pourtant.

— Oui... bien sûr. Mais je disais ça comme ça. Comme j'aurais dit : son grand amour...

Dommage pour Mme Versini, Jessica n'était pas du tout du genre à se laisser balader aussi facilement :

— Amour de jeunesse, ça signifie qu'ils se connaissaient depuis longtemps, non ? Ça n'a rien à voir avec grand amour... même si c'est cumulable.

Aucun moyen d'éluder, elle était coincée avec trois paires d'yeux rivées sur elle. Elle a soupiré, ralenti. Soupiré encore. J'étais pendue à ses lèvres, guettant le moindre son qui en sortirait. Finalement, elle a baissé le rétroviseur pour me voir à l'arrière :

— Carla, ne vous emballez pas, je suis désolée, je n'ai pas fait attention à ce que je disais.

— Vous les connaissez depuis quand ?

— Stop. C'est tout. On y va, et on change de sujet.

Le thème a pourtant été au cœur du débat toute la journée. On a torturé Mme Versini comme on a pu, mais rien à faire. Elle nous a laissés sur la plage, en décrétant qu'on était fous, et a filé voir ses copines au village. Aucun de nous trois ne la croyait, bien entendu, elle n'avait pas pu lâcher ça par hasard. « Amour de jeunesse ». Maman et Francesco s'étaient sans doute rencontrés il y a longtemps, et pas l'année dernière, voilà tout. Tout ça faisait sourire Mathieu. D'après lui, il n'y avait vraiment pas de quoi s'inquiéter, mais Jessica, elle, alignait les suppositions comme un détective : rencontrés où ? Et quand exactement ? Enfants ? Ados ? Ici ? Avant mon père ? Pendant ? Je l'écoutais sans entendre... Pour moi, une seule chose me dérangeait : si c'était vrai, pourquoi maman ne m'avait rien dit avant ? Mathieu était partisan du silence absolu, pour lui, la vie privée de nos parents ne nous regardait pas.

Pour Jess', il fallait attendre un moment calme, et en parler à Soline, les yeux dans les yeux. Sa vie privée m'avait quand même conduite à vivre ici, alors, quelque part, ça me regardait un peu aussi. Sur ce point, Mathieu n'a rien trouvé à redire. Ensuite, je les ai complètement bluffés en arrivant non seulement à entrer dans l'eau, (15° à peine, le 6 décembre, je précise...), mais en partant nonchalamment crawler au large. Mathieu m'a rejointe courageusement, mais Jessica, qui avait gardé son jean et son sweat, nous regardait sur la plage en criant : « Pneumoniiiiie ! ! ! ! ! »

On a oublié d'acheter du champagne en rentrant, de toute façon, la plaque n'était pas encore posée. Francesco avait voulu attendre que la façade soit terminée. « Ce qui n'était pas une mauvaise idée en soi », avait pouffé Jess'. Quand Mme Versini et ma mère se sont enfermées dans le bureau de Francesco pour parler devis, et que Jess' m'a fait un clin d'œil, je n'ai pas relevé. Je laissais à maman le bénéfice du doute. Et à 22 h 30, c'était le branle-bas de combat pour partir chez Valentine. Bien évidemment, les garçons étaient prêts depuis des heures. Léo appuyait sur le klaxon de la 4L sans s'arrêter. Là-haut, j'avais encore les cheveux mouillés, et Jess' me regardait, pétrifiée, en petite culotte. Il a fallu passer la seconde... J'ai choisi une robe rouge toute simple, très courte et décolletée dans le dos, avec des Converse pourries pour contrebalancer. Baguette chinoise dans les cheveux, comme d'hab', un poil de maquillage et des créoles argent. Jessica avait un pantalon noir, un haut microscopique en maille noire aussi et une veste en jean, le tout complété par des talons d'au moins douze centimètres, qu'elle a prudemment pris à la main pour les escaliers. En bas, Mathieu et Léo discutaient, appuyés à la voiture, façon cow-boys. Nuée de sifflements en nous voyant sortir de la maison... Léo n'arrivait plus à fermer la bouche. Et maintenant, on attendait Greg. Il est arrivé avec Joséphine dans les bras : elle s'était encore coincée des épines du maquis entre les griffes, et il avait géré l'opération avec la pince à épiler de maman. On le faisait tous à tour de rôle trois fois par semaine. Il nous a regardés en souriant :

— Eh ben, les djeuns, c'est le bal du lycée.

J'ai instantanément regretté ma tenue un peu trop... *girlie*. Lui avec ses cheveux en bataille, sa chemise noire et son éternel jean, sa vieille veste en velours noire rapiécée et ses pieds nus, avait l'air dix fois plus chic que nous quatre réunis.

En arrivant, Valentine a confirmé mes regrets, elle avait une robe en coton blanc sur un jean. Elle a regardé Jessica sortir de la voiture comme si je lui avais amené Christina Aguilera. Mais j'étais ravie de présenter Mathieu et Jessica à Valentine, et j'ai noté avec fierté qu'elle scrutait Mathieu sans dire un mot, presque toute timide d'un seul coup. Jess', évidemment, a commencé par la prendre un peu de haut, puis s'est vite radoucie. Il y avait une trentaine de personnes dans la petite maison de Figarella : des copains du lycée, d'autres du village, mais aussi Léna et Doumé, la mère de Mathias au début, et même Mme Versini. Maman avait promis qu'elle passerait boire un verre. Léo m'avait expliqué qu'ici, on ne faisait pas vraiment de cloisonnement, on invitait les gens qu'on aimait, peu importait leur âge. « C'est les enfants de huit ans qui ont honte de faire la fête avec leurs parents ! » m'avait même dit Val'. Je n'ai pas argumenté. Si mes parents avaient voulu s'inviter à une de mes soirées, je pense que j'aurais fait une crise de nerfs. Et là, tout se passait parfaitement bien. Il y avait même le maire... Il faisait bon, on naviguait entre le salon et le jardin, Valentine avait installé des guirlandes lumineuses et des bougies partout dans la maison et dehors, ce qui rendait d'ailleurs Mathias tout nerveux, même si l'arrivée de Jess' l'a détendu subitement. Il l'a immédiatement accaparée pour lui parler des risques d'incendie et de l'irresponsabilité des touristes. Elle avait l'air fascinée... On a beaucoup ri, pas mal bu, et dansé comme des fous. Vers minuit, il n'y avait plus que « les jeunes ». Je tentais une chorégraphie avec Léo sur « Sex Bomb », quand j'ai soudain remarqué qu'il me regardait. Greg... appuyé à un arbre, avec sa chemise noire, maintenant ouverte, et son sourire en coin. Il n'y avait pas de doute possible, il discutait avec Valentine, mais il me regardait en même temps. J'ai repéré Mathieu, qui dansait avec Jess' et Mathias juste à côté de nous. Je me suis sentie bizarre, et j'ai continué à danser, en me rapprochant de Léo : je me suis mise devant lui, dos à lui, en descendant progressivement, comme j'avais déjà vu faire June des centaines de fois. Ensuite, je ne sais plus bien, mais je me souviens d'avoir sorti le grand jeu. Même Léo me regardait étrangement en essayant de continuer à me suivre. Je dansais sans m'arrêter, les deux bretelles de ma robe étaient tombées sur mes épaules, j'avais enlevé mes chaussures, j'étais déchaînée. Je vérifiais régulièrement qu'il me regardait toujours. Et maintenant Valentine aussi ne me quittait pas des yeux. Ils ne se parlaient plus. La chanson s'est arrêtée, Léo m'a souri, il m'a fait signe qu'il allait boire. Ils ont enchaîné avec un vieux truc de Britney Spears, « I'm a slave 4 U ». Hyper sexy. Je voulais rejoindre Léo avant de continuer à danser... mais je n'ai pas eu le temps. Sorti comme d'habitude de nulle part, Greg est apparu juste là, sur la petite « piste » du jardin. Il a commencé à danser en face de moi en souriant. J'ai failli regarder derrière moi qui il pouvait bien fixer ainsi. J'ai senti mon cœur partir, s'accélérer, comme toujours. J'étais pétrifiée, en nage, à contre-rythme d'une chanson que je connaissais par cœur. Je bougeais à peine, je regardais presque sans cesse mes pieds, j'avais l'impression d'avoir sept ans et demi. Je pensais que ça ne pouvait pas être pas pire, quand il s'est rapproché vraiment, extrêmement près. Se baissant un peu pour garder ses yeux à hauteur des miens. J'ai repensé à *Dirty Dancing*, la scène où Patrick Swayze danse avec elle la toute première fois : il est sublimement sexy, elle est parfaitement gauche et ridicule. Bon, ben, ça vous donne une vague idée de la scène. J'ai essayé de me détendre, de retrouver juste un peu d'assurance, et au moins de tenter réellement de « danser ». Nos regards se sont croisés, le rythme est devenu carrément torride, cette andouille de Britney chantait : « Tout le monde me regarde comme si j'étais une petite fille... mais je suis comme ton esclave. » Parfait. J'ai adoré ces paroles, je me suis sentie devenir pivoine. C'est pile le moment qu'il a choisi pour passer son bras derrière ma taille et m'attirer contre lui, façon lambada, je suppose que vous voyez ? Je me sentais raide et tendue comme un piquet. Mes hanches reculaient toutes seules, mon cœur battait trop vite. J'avais le ventre noué comme jamais, mes cheveux m'étouffaient. Il me regardait sans arrêt, il faisait chaud, j'ai cru que j'allais m'évanouir. Il s'est penché tout d'un coup à mon oreille. Une seconde, j'ai eu un mouvement brusque en arrière en croyant qu'il allait m'embrasser, mais pas du tout. Il a souri encore plus, et juste dit :

— Détends-toi. Danser, c'est comme tout : faut arrêter de se regarder.

— Je suis détendue...

— Tu luttes pour ne pas changer... mais c'est plus fort que toi, princesse...

— Hein ?

Je me suis demandé : mais quel rapport avec la danse ? Et puis, plus rien. J'ai arrêté de lutter. J'ai posé mon front contre son torse. Tenté de respirer doucement, et surtout, lâcher prise. C'était de la peur, de la timidité, mais surtout du désir. Il fallait bien que je m'en rende compte. Et jamais avant, je le jure, cette idée n'était arrivée jusqu'à mon cerveau. Pendant les quatre minutes de cette idiote de chanson de Britney Spears, je l'ai admis complètement : je n'avais jamais ressenti ça de toute ma vie. J'avais l'impression d'être dans les bras d'un homme pour la première fois. J'ai passé mes bras autour de son cou, pris le rythme qu'il imposait à mes hanches, j'ai senti qu'il me serrait plus fort. J'ai fermé les yeux. Plongé mon nez dans l'ambre de sa peau.

— Merci, miss... jolie danse !

Retour brutal à la réalité. La musique qui change brusquement. Il s'est détaché de moi, en me faisant une petite révérence. Je suis restée debout sur la piste, sans pouvoir articuler un mot. Il était déjà parti, je l'ai vu rentrer dans la maison avec Léo. Je me sentais un peu sonnée. Je me suis dirigée d'un pas assez mal assuré vers le petit bar. Jess' m'a sauté dessus par-derrière :

— Très réussi, ton petit numéro.

— Quoi ?

— Tu devrais aller voir Mathieu, c'est un conseil.

— Où il est ? Qu'est-ce qui se passe ? T'en fais une tête.

— Il vous a vus danser. D'ailleurs, je ne vois pas qui vous aurait ratés...

— Oh, ça va... pour une fois que je m'amuse ici...

— Je croyais que c'était ton pire ennemi, et

là, tu te roules sur lui devant tout le monde, excuse-moi.

— Jess'... prends pas ce ton...

Mathias nous a interrompus, très en humeur décalée... genre « Coucou, youpi, vous venez danser ? » J'ai fait non de la tête, et j'ai bu deux verres de punch coup sur coup... Jess' ne me lâchait pas des yeux, avec des éclairs de mécontentement. J'ai détourné le regard et j'ai été chercher Mathieu. Il n'était ni dans le jardin, ni dans le salon. J'ai croisé Valentine avec un plateau de verres de punch, j'en ai pris un autre, et je lui ai demandé si elle l'avait vu. J'ai senti tout de suite que quelque chose n'allait pas, elle ne me regardait pas :

— Il est devant la maison... avec Léo. Pardon, c'est lourd.

— Ça va, Val' ?

Elle a hésité une seconde, et elle a baissé les yeux :

— Ouais. Ça va.

Le genre de « Ça va » qui veut dire tout le contraire... J'ai en effet trouvé Mathieu et Léo en grande discussion, installés sur des chaises devant la maison, parmi d'autres gens qui s'étaient réfugiés là, où on entendait moins la musique. Ils se sont immédiatement tus en me voyant. Charmant.

— Je dérange ?

Léo n'a rien dit, il s'est simplement levé en me laissant sa place. Et il est rentré sans un mot, sans un sourire. Je me suis installée à côté de Mathieu et je lui ai pris son verre de punch des mains. Que j'ai vidé cul sec. Il a souri bizarrement.

— Tu bois, toi, maintenant ?

— Qu'est-ce qu'il y a ?

— À toi de me dire, Carla.

Le ton était glacial. Je ne l'avais jamais entendu me parler comme ça. Il faisait frais, j'ai frissonné. J'avais en plus la tête qui commençait à tourner sérieusement.

— Écoute, je ne sais pas... tu as l'air furieux...

— Je vais te la faire courte, ça évitera que tu joues les étonnées pendant des plombes. La manière dont tu as dansé avec ce mec... c'était vulgaire, déplacé, et surtout, super limite pour moi. Je pars demain. Attendez vingt-quatre heures.

Sa voix tremblait. J'ai senti mon cœur faire un tour complet dans ma poitrine. Je n'avais jamais eu aussi peur tout d'un coup. Mes yeux se sont instantanément remplis de larmes. Il avait l'air tellement déçu, il me parlait comme un adulte sermonne une enfant, j'avais honte. Et surtout, le voir souffrir, c'était intolérable :

— Je suis désolée. Je ne me suis pas rendu compte. Je suis désolée.

— Pas autant que moi.

Il s'est levé sans un regard et il est rentré dans la maison. Je suis restée sur cette chaise pendant ce qui m'a semblé une éternité. Les larmes ruisselaient sur mon visage, je n'arrivais même pas à les essuyer. Un sentiment de vide, de froid, ma tête qui tournait maintenant violemment. Quand j'ai voulu me lever, j'ai carrément failli tomber par terre. Je suis rentrée laborieusement, Val' sortait de la cuisine. Elle s'est précipitée vers moi, et j'ai explosé en sanglots dans ses bras...

— Mais qu'est-ce qui s'est passé ? Carla... parle !

— J'ai mal... au cœur...

— OK... je vois.

Elle m'a installée sur les marches de l'escalier, et m'a dit qu'elle revenait. J'ai laissé tomber ma tête dans mes mains. J'ai senti un bras autour de mes épaules : Mathieu était assis à côté de moi, avec mon pull et un sourire. J'ai voulu parler. Il m'a mis un doigt sur les lèvres...

— Chut, ma poivrote, on rentre.

Jess' et Mathias se tenaient devant nous, j'ai remarqué qu'ils se tenaient la main. Val' est venue nous dire que son cousin nous ramenait. Je l'ai suivi pour aller chercher mon sac dans le jardin. Il y avait encore beaucoup de monde. Léo est venu vers moi, il avait l'air très ennuyé...

— Je vais rentrer plus tard... avec Greg. Dors bien, chouchou. Ça ira mieux demain, va.

Valentine m'a trouvé mon sac, et je l'ai prise dans mes bras pour la remercier. Elle m'a serrée fort. Puis elle a chuchoté à mon oreille :

— Fais attention à ton amoureux, il le mérite...

— Je sais.

— Et ne vas pas chercher les emmerdes, d'accord ?

En disant ça, elle m'a fait me tourner vers la piste de danse. Juste devant nous, Greg embrassait à pleine bouche une grande blonde en robe pailletée, en dansant un zouk. Je suis restée scotchée sur cette image. Valentine m'a embrassée sur le front, en se plaçant devant moi, pour m'empêcher de continuer à regarder...

— Il n'est pas méchant, je te jure... il est juste... comme ça ! Mais ma belle, si tu marches, il te fera courir, crois-moi...

DOUZE

Le lendemain de cette soirée, tout ce dont je me rappelle, c'est d'un bon mal de crâne, et de Léo et Mathias qui ont chanté toute la journée : « Elle est des nôtres... » Maman n'a rien dit, elle a souri en me voyant au réveil, et m'a tendu une aspirine. Greg avait fait une apparition à 13 h pour se faire un café. Je me rappelle, Mathieu et lui ont même plaisanté sur la « puissance planétaire du punch ». Il m'avait dit bonjour plutôt gentiment, et était parti se recoucher. Léo avait des devoirs, Mathias et Jessica avaient prévu une prétendue balade, Valentine avait appelé à 14 h, en se levant, elle déclarait cette journée « annulée pour cause de problème de santé ». Et j'ai passé toute ma journée avec Mathieu. Enfin seuls. On a beaucoup parlé. Sans vraiment évoquer ni la soirée de la veille, ni Greg. Il avait simplement pardonné. Mathieu, à nouveau comme d'habitude, réfléchi, apaisant et doux. J'ai senti le calme revenir, l'angoisse s'envoler, il avait le pouvoir de rendre tout plus facile, depuis toujours. Je me suis blottie dans ses bras. C'était une telle évidence, rien à voir avec la montée de folie d'hier, sur la piste. À l'aéroport, les adieux ont été très durs. Même Maman avait les larmes aux yeux en nous regardant. Jess' m'avait raconté brièvement, et même si elle parlait « d'un petit flirt agréable, sans plus... », je voyais bien qu'elle avait passé une très, très bonne soirée, sans parler des étoiles dans ses yeux (et du sable dans ses cheveux) en revenant de sa fameuse randonnée en fin d'après-midi. J'étais ennuyée de ne pas lui avoir plus parlé, je savais bien qu'elle attendait que je vienne me confier, discuter de Greg, de Mathieu, d'hier soir. C'était ma meilleure amie. Mais je n'avais pas trouvé le temps, je n'avais pas voulu le trouver, simplement. Je voulais juste penser à autre chose. Ou plutôt, ne pas y penser, ne pas me retrouver face à Jessica, toujours si cash et maligne. Je l'appellerais plus tard. Il était l'heure. J'ai serré Mathieu dans mes bras, le souffle coupé, les sanglots qui secouaient tout mon corps. Il me parlait dans l'oreille, j'aurais voulu qu'il ne s'arrête jamais... J'entendais toutes ces belles choses, je sentais ses baisers dans mon cou, sur mes paupières, et puis, d'un coup, je me suis retrouvée dans les bras de maman. Elle me caressait les cheveux doucement.

Il restait à peine quinze jours avant que je parte passer Noël avec mon père. Il avait été question que maman vienne avec moi, pour voir Mamie Rose et ses copines parisiennes. Au dernier moment, elle m'a expliqué qu'elle allait rester là. Son prétexte : trop de travail. Cela me faisait bizarre d'imaginer le premier Noël dans la maison grise, avec ma mère, Francesco, Léo et Greg, mais sans moi. Mme Versini restait aussi, et même Mathias, son beau-père et sa mère étaient conviés. C'était un peu comme une tradition, Valentine me l'avait expliqué : on réunissait tous les « sans famille » et on déjeunait, dînait, chez les uns et les autres pendant les fêtes. D'après ce que j'avais compris, Léo et Greg n'avaient plus de grands-parents, ou alors, ils n'en parlaient jamais. Après cette fameuse soirée chez Val', j'ai noté un changement presque imperceptible chez tout le monde. Confusément, je sentais que Léo, Mathias et Valentine essayaient de m'entourer au maximum, se débrouillant pour que je ne sois jamais seule, et surtout, jamais seule avec Greg. Ce qui n'était pas tellement difficile, puisque Gregory semblait avoir toujours un maximum de choses à faire en dehors de la maison. Il partait tôt, il rentrait tard, il m'adressait à peine la parole. J'avais eu une discussion avec Jessica qui s'était terminée un peu froidement. Elle continuait à me reprocher mon comportement à cette fête, je niais de toutes mes forces. J'ai voulu lui expliquer que je vivais dans la même maison que Greg, que je ne pouvais pas l'éviter et que nos rapports n'étaient pas simples, que pour une fois il s'était montré sympa, et que je ne voyais pas ce que j'avais fait de mal. Mais elle s'était contentée de me dire qu'elle « sentait que je lui cachais quelque chose, que je me méfiais ». J'ai abrégé la conversation, prétextant un cours qui commençait. L'hiver était maintenant installé, la nuit tombait tôt, il faisait froid. On passait tout notre temps dans le salon, près de la cheminée. Le paysage lui-même avait changé, encore plus sauvage, presque inquiétant... On se sentait vraiment isolés de tout. Du coup, j'étais soulagée de boucler ma valise pour quinze jours. Je savais que mon père travaillerait comme un dingue, et que je pourrais passer tout mon temps avec Mathieu et Jessica. La veille de mon départ, Mme Versini, qui me trouvait ronchon, m'a proposé de l'accompagner à un concert polyphonique dans l'église de Castellu. Elle avait l'air tellement ravie que je n'ai pas osé refuser, aussi atroce que me paraissait la perspective de me geler deux heures dans une église pour écouter des chants typiques ! Léo dînait chez Mathias, Val' était au cinéma à Bastia, Francesco et ma mère faisaient un dîner de boulot à la maison. Bref, ça ou rester seule dans ma chambre...

L'église était bondée, Mme Versini disait bonjour à tout le monde. Moyenne d'âge de l'auditoire : 345 ans. Je me suis assise, relativement désespérée. Je regardais vaguement un groupe de chanteurs et chanteuses s'installer devant les musiciens qui s'accordaient... J'ai commencé à regretter de n'avoir pas su dire non.

— Tu as perdu un pari ?

J'ai levé le nez : Greg venait de s'asseoir à côté de nous en souriant. Il était emmitouflé dans le grand manteau noir de son père. J'ai voulu répondre, mais il m'a fait signe de me taire : le concert commençait. Il a croisé les bras et fermé les yeux. Les voix se sont élevées dans l'église, les graves des hommes d'abord. Puis les aigus déliés des femmes. Au début, j'écoutais distraitement, patiemment, jetant de temps en temps un petit coup d'œil au profil de Greg, qui ne bougeait pas d'un pouce. Les voix se sont intensifiées, et soudain, j'ai été « prise ». La puissance du son, l'émotion qui se dégageait de leurs visages, j'avais comme la sensation d'être soulevée de terre. La musique faisait vibrer tout mon corps. Je ne comprenais pas un mot, je n'avais jamais écouté ce genre de musique, mais j'ai eu l'impression qu'elle pénétrait en moi. J'ai oublié tout le reste. Je ne sais pas comment le décrire sans paraître folle ou ridicule, mais je me suis sentie émue à un point incroyable. L'impression d'une porte qui s'ouvrait en moi. Les chansons défilaient, j'avais des frissons, j'ai senti plein de choses remonter : mon arrivée ici, la plage noire de Nonza, le sourire de Léo, la vue de ma chambre le matin, l'odeur en descendant de l'avion, le mur chaud de la Tour du port, l'accent de Greg quand il parlait corse, la puissance de ses bras autour de moi à la fête. Les gens ont applaudi. J'ai sursauté. Comme quand on sort au soleil après une séance de cinéma. Je me suis redressée, j'ai applaudi aussi. J'ai tourné la tête, il me regardait d'une façon très douce, un mouchoir dans la main :

— Tiens...

J'ai regardé le petit bout de tissu blanc sans comprendre. Puis j'ai senti brusquement les larmes sur mes joues, mes cils humides. Mme Versini m'a passé son bras autour des épaules pendant que j'essuyais mes yeux :

— C'est beau, hein ? Ça lave de tout.

En sortant de l'église, je n'arrivais toujours pas à parler. Il y avait des flambeaux partout, des étoiles au-dessus de nos têtes. J'avais envie de silence, de rester seule avec tout ce que j'avais ressenti. Malheureusement, Mme Versini voulait que je l'accompagne boire un thé chez des amies à elle... et de toute façon, je n'allais pas rentrer à pied, j'étais coincée. Greg est immédiatement intervenu :

— Je la ramène, si elle est fatiguée.

Regard inquiet de Mme Versini. Elle a hésité une seconde, puis m'a embrassée en me souhaitant bonne nuit. On a marché vers la voiture, je ne parvenais toujours pas à dire un mot. C'était la première fois qu'on était vraiment seuls tous les deux. Devant la 4L orange, il s'est allumé une clope.

— On passe au château ?

— Maintenant ?

— Non, demain. Viens, c'est tout près, Léo et Mathias doivent y être.

Sourire. J'ai hoché la tête, et je l'ai suivi. Il n'y avait personne. Greg a sorti les couvertures, les verres ébréchés et la bouteille de liqueur de châtaigne de leur cachette habituelle, puis il a allumé deux bougies. Je me suis assise à côté de lui, enroulée dans une couverture, un petit verre à la main, que je ne touchais pas. Et voilà. On n'a pas échangé un mot pendant un long moment. Puis il s'est mis à me raconter tout ce que ses chants représentaient. La vie de tous les jours, la montagne, le ciel, la nature. Les souffrances et les joies, le lien entre l'île et son peuple. La tradition. La poésie, la vibration des trois voix : *a siconda* (voix principale, donnant la mélodie), *u bassu* (basse) et *a terza* (voix la plus aiguë). Ce que ça remuait chez lui. L'inexplicable, cette émotion presque honteuse. J'écoutais, il chuchotait, presque comme s'il se parlait à lui-même. Puis il s'est tourné vers moi :

— J'étais sûr que tu aimerais.

— J'ai trouvé ça... magnifique... vraiment.

— La première fois, j'avais cinq ans. Ma grand-mère faisait des concerts à l'église, je détestais y aller, sauf quand elle chantait. Ça me calmait tout de suite.

— À Erbalunga ?

Il n'a pas répondu tout de suite. Il a eu un petit rire.

— Non. Chez moi. À ... Centuri.

J'ai levé la tête. Il regardait droit devant lui. Sans plus parler.

— Où ça ?

— Là où je suis né.

— C'est au Cap ? Là où tu étais en vacances ?

— Ouais... C'est plus au nord, pas très loin... C'est là où on a habité pendant quinze ans. Léo est né là-bas aussi. On est venus ici ensuite. Pour l'hôtel.

— Vous aviez une maison ?

— On a vendu.

La voix s'est faite plus dure d'un coup. Il s'est resservi un verre. Je n'osais plus parler, mais j'avais tellement de questions...

— Je... je voudrais bien y aller...

— Demande à ta mère. Elle connaît bien.

— Ah... mais...

— On y va ? Tu te lèves tôt demain, princesse. Blondinet est dans les starting-blocks.

Une fois dans la voiture, comme il restait toujours silencieux, j'ai pris mon courage à deux mains :

— Greg...

— Carole ?

— Arrête... c'est sérieux. Est-ce que tu sais quelque chose à propos de ma mère ?

— Quelque chose comme... quoi ?

— Comme un truc qu'on ne me dit pas.

— Tu réfléchis trop... faut laisser venir.

— Qu'est-ce que ça signifie ?

— On ne te cache que ce que tu ne veux pas voir.

— OK... bienvenue au concours des phrases qui n'ont aucun sens.

— Bonsoir, inspecteur. Je te laisse là.

On était au bout du chemin. Je l'ai regardé, surprise :

— Tu rentres pas ?

— Pourquoi, tu m'invites dans ta chambre ?

J'ai réussi à sourire, mon trouble est monté d'un seul coup, mais je l'ai fait redescendre de force. Je pensais à trop de choses pour analyser encore une fois ce que je ressentais vraiment.

— Bonne nuit.

Je suis montée directement me coucher. Enfin, non. Pour être honnête, il faut que j'avoue quelque chose. J'ai vérifié que Léo n'était pas encore rentré, et je suis entrée tout doucement dans la chambre de Greg. Je n'avais jamais osé faire ça avant. La fenêtre était ouverte, ça sentait le maquis, la cigarette et l'ambre. Le lit était défait, des fringues traînaient partout. J'ai allumé la petite lampe rouge. Je me suis approchée du bureau, des papiers, l'ordinateur, un cendrier plein, une photo de Léo petit dans un cadre cassé, un livre de Rimbaud. Je me suis demandé ce que j'étais venue chercher. Sur la chaise, il y avait une sorte d'écharpe en coton blanc. Je l'ai attrapée, et je suis partie dans ma chambre précipitamment. J'ai essayé de penser à cette histoire de Centuri. Mathias qui avait dit au château, il y a long-temps, qu'on « ne devait pas me parler trop ». Léna, qui était certaine une fois que maman était allée à Centuri, alors qu'elle m'avait dit Bastia. Mme Versini et son « amour de jeu-nesse ». Eva. Le silence autour de la mort d'Eva. Doumé et ses regards bizarres à sa femme, quand je lui parlais. Tout ce que je ne voulais pas voir ? Mais ce n'était pas vraiment cela qui me faisait le plus peur. Je suis restée dans le noir, longtemps, ma valise fermée à côté de moi pour le lendemain. Le nez enfoui dans l'écharpe. Complètement foutue. Cuite et même trop cuite. Comme disait Jess'. J'avais quand même le droit de penser à lui cette nuit. Juste cette nuit. Demain, ce serait fini. Obligatoirement.

TREIZE

Mon père était en pleine forme. Il faisait même des blagues dès l'aéroport, affichant une humeur faussement décontractée. J'ai senti tout de suite que je n'allais pas tarder à avoir une surprise. Paris était sous la neige, ça m'a fait un choc.

J'étais partie très tôt sans croiser personne. Ma mère avait l'air hyper tendue. Elle a relevé tout de suite le fait que je sois rentrée tard avec Greg. Les nouvelles allaient très vite : merci radio Versini. Elle voulait savoir où nous étions allés, ce que nous avions fait, de quoi on avait parlé... Je la connaissais par cœur. Elle était hyper nerveuse. J'ai regardé ma montre. On avait trop peu de temps pour entamer une grande discussion, mais j'ai quand même pris une voix calme pour lui répondre :

— On a discuté de Centuri.

Elle a blêmi. Ses sourcils se sont froncés et sa bouche s'est pincée. Exactement la même tête que quand je lui avais annoncé que pour la pilule, c'était hyper « d'actualité ». J'ai souri :

— Tu connais ?

— Oui... c'est très joli.

— Tu y es allée quand ?

— Cet été, je crois... ou après... de temps en temps...

Elle fixait la route. Sa voix était tellement peu naturelle. Mais je n'ai pas insisté. Après tout, qu'est-ce qu'il y avait à savoir ? Je m'en foutais pas mal de ce village du Nord. À force de vivre sur cette île, tous, et même elle, ils finissaient par faire des histoires avec rien. J'allais suivre les conseils de Greg et laisser venir.

— Je t'emmène déjeuner à la Coupole !

Les premiers mots de mon père. Là, c'était certain, il y avait un souci. Pour qu'il ne retourne pas ventre à terre à la clinique, ça devait même être sérieux. Et je n'ai pas eu à attendre longtemps. Après les questions habituelles – Comment ça va au lycée ? Tes notes en maths remontent ? Et ta mère ? Et les travaux ? Et les deux garçons ? Comment ils s'appellent déjà ? Ah, oui... Et ils sont sympas ? Et il fait beau ? Tant mieux, ma chérie. –, il a attaqué en bredouillant. Un quart d'heure de bredouillage incompréhensible même, pour m'annoncer qu'il avait quelqu'un à me présenter. Une femme formidable. Qui en substance s'appelait Lili. J'ai commandé des profiteroles en dessert.

— T'es amoureux ?

— Euh... on se voit depuis peu...

— Vous vivez ensemble ?

— Non, bien sûr que non. Elle vient dîner à Noël... tu crois que...

— OK. Super.

Fin de la discussion à cœur ouvert avec mon père. J'ai passé l'après-midi avec Jessica à imaginer la tête d'une fille qui s'appelait Lili. J'étais ravie d'avoir ce sujet à développer avec elle. Parce que je ne lui avais pas raconté ma soirée de la veille, ni les questions que je me posais sur Centuri, sur Eva, sur tout. Ce n'est pas que je ne lui faisais pas confiance, comme elle devait se l'imaginer, c'était juste que je voulais déjà que ce soit clair pour moi avant de parler de quoi que ce soit. Là-bas et ici, c'était différent, je faisais une séparation nette. Il n'y avait plus les ennemis d'un côté et les amis de l'autre, et ce simple fait commençait à me troubler énormément. Mathieu nous a rejointe après le lycée. On est allée au cinéma, faire un tour à l'anniversaire d'une copine. Le lendemain shopping, et soirée DVD chez un copain... bref, Paris. À part avec Jess' et Mathieu, je me sentais relativement mal à l'aise avec mes « anciens amis ». Personne n'était désagréable, personne ne posait de questions méchantes ou ne faisait d'insinuations idiotes, mais je sentais quelque chose. J'étais partie, j'étais loin, dans un village pourri, dans un pseudo-hôtel, ma mère avait quitté mon père pour un inconnu. Tout ça leur paraissait bizarre. Je n'expliquais rien, j'avais même arrêté mes commentaires ou mes imitations méchantes. Il y avait une différence entre imaginer et vivre les choses. Je l'avais compris depuis peu. Et très vite, j'étais devenue de l'histoire ancienne pour ce petit monde. Je savais aussi parfaitement que si je n'avais pas été la petite amie de Mathieu, tous auraient eu un comportement différent, un rejet total. Mais Mathieu et June étaient trop respectés, eux et leur famille très riche, eux et leur appart' toujours vide ou leurs vacances à Nice, pour qu'on me fasse ouvertement la gueule. Moi, je ne faisais aucun effort particulier. À dire vrai, je me sentais de plus en plus loin de tout ça, je commençais à repérer des discussions ou des comportements idiots et puérils qui m'agaçaient. En plus, pendant ces quinze jours, j'ai ressenti pour la toute première fois un certain manque. J'envoyais des texto à Valentine et Léo, je parlais aussi à Mathias, puisqu'il appelait Jess' régulièrement, même si elle continuait à prétendre que ce n'était « rien de très important ». J'évitais les sorties de groupe, je préférais voir Mathieu ou Jessica seuls. Heureusement, June était en vacances avec son nouveau petit ami, (un joueur de basket américain) à Los Angeles. Je n'aurais pas pu supporter ses réflexions sur quoi que ce soit. Un soir, Mathieu avait quand même osé souligner ma mauvaise humeur. Il m'avait même reproché d'être devenue « sauvage et anti-sociale ». Je lui ai rétorqué, hyper agressive, que c'était sans doute à force de vivre avec des ploucs. Puis comme il me regardait sans comprendre, je me suis excusée, avec soudain presque les larmes aux yeux. J'étais perdue. J'avais l'impression d'étouffer, cette pluie, ce froid, ces bagnoles, tout ce gris m'épuisaient.

Le dîner de Noël a été très particulier. D'abord, parce que j'ai enfin rencontré la fameuse Lili. En un mot : gigantesque. Une sorte de mannequin russe d'à peine vingt-cinq ans (Papa me jurait trente...), entièrement refaite (faux seins, faux nez, fausses pommettes...), qui parlait à peine français, et riait tout le temps avec l'air d'une poule devant un dictionnaire. J'ai pris sur moi pour ne pas éclater de rire rien qu'en lui disant bonjour. Mais mon père avait l'air aux anges, il la regardait comme la huitième merveille du monde. J'avais

232

l'impression que l'histoire était déjà sérieuse, puisque j'avais trouvé pas mal de traces dans l'appartement : des produits de maquillage dans la salle de bains, un nouveau dessus-de-lit rose sur le lit de mes parents, des chaussures à talons, une nuisette à pompons, etc... J'ai échangé des regards atterrés pendant toute la soirée avec Mamie Rose. Mais c'est une fois les cadeaux déballés au salon que la discussion a pris un tour plutôt inattendu. Mamie Rose a commencé à me poser plein de questions sur ma vie à Erbalunga, sur maman, sur comment je vivais ce « déchirement », cette « nouvelle position sociale » et comment étaient mes rapports « avec ces gens ». Même moi, je n'avais jamais été aussi méprisante et dure. Ma grand-mère n'était pas une tendre, et je le savais. Ses rapports avec ma mère avaient toujours été houleux et même parfois violents, mais je ne l'aurais jamais imaginée si radicale. J'ai tenté de tempérer, mais elle a insisté, la bouche ultra-pincée, comme maman dans ses pires moments :

— Quelle idée idiote de t'avoir emmenée

là-bas. Je suis certaine que le lycée doit être minable. En plus, tu as maigri.

— Mais non...

— De toute manière, je vais parler à Soline rapidement. Elle ne pourra pas m'éviter toujours... avec ces histoires débiles de travaux.

— Maman travaille beaucoup, c'est vrai.

— Ta mère n'a jamais eu besoin de travailler de toute sa vie. Elle a d'autres talents. Ce n'est pas une ouvrière.

— Il arrive d'avoir simplement envie de faire des choses, elle est en train de transformer cette maison en...

— Je t'en prie... ça ne m'intéresse absolument pas, chérie ! Épargne-moi les détails. Mais là n'est pas le problème. Il faut que tu reviennes absolument faire ta terminale ici, c'est impensable que tu passes encore une année là-bas... Michel, il faut agir !

Mon père a soupiré, il était en train d'expliquer à sa dulcinée ce que c'était qu'un marron glacé... Je les ai regardés tous les deux en hallucinant :

— Que je revienne ?

— Ta grand-mère pense que ça serait mieux, mais tu choisiras... on verra en juin, hein, doudou ?

— QUOI ? Attendez, là... maintenant, faut que je revienne ? Mais vous êtes merveilleux, tous ! Vous me prenez pour un paquet ou quoi, un truc sans avis, une plante, un caillou, qu'on trimballe où on veut, quand on veut ?

J'avais immédiatement haussé la voix, sans m'en rendre compte. Même Lili s'est arrêté de rire. Mamie Rose a levé les yeux au ciel.

— Mais Carla, c'est pour ton bien ! Tu te rends compte de tout ce que tu rates en t'enfermant à seize ans dans ce trou, de ce que tu vas devenir ?

Je ne sais pas pourquoi, d'un coup, cette phrase m'a intensément blessée, alors que j'employais mot pour mot les mêmes termes quelques mois auparavant. Je me suis levée, furieuse. Lili a sursauté, elle ne comprenait pas grand-chose, mais elle sentait qu'on ne parlait plus de marrons glacés.

— C'est à moi d'en décider ! Et je n'ai pas envie de rentrer, je suis parfaitement bien là-bas... Je suis bien, oui... et me regardez pas comme ça, vous ne savez rien de ce que je vis, vous ne connaissez rien de cet endroit !

Mamie Rose me regardait comme si je venais d'avouer que je me droguais depuis dix ans. Mon père a soupiré bruyamment :

— Pourquoi tu cries ? Pourquoi on s'énerve tous, là ? Pourquoi on parle de ça, d'ailleurs ? C'est Noël, tout va bien, on aura cette discussion plus tard.

Ma grand-mère a pincé sa bouche à mort. On ne voyait plus qu'une petite fente nacrée.

— Tu es en train de nous dire que tu veux rester là-bas ? Tu comptes devenir femme de chambre dans leur pension miteuse ? C'est ce que tu te souhaites, peut-être ?

— Belle-maman, par pitié... nous avons une invitée.

— Et si je voulais devenir femme de chambre, en quoi ça te poserait un problème ? C'est MA vie dont on parle, non ?

— Si tu veux la gâcher minablement comme ta mère, je t'en prie...

— Tu penses que maman a gâché sa vie ? Mais c'est la soirée vérité !

— Ma pauvre chérie, tu sais ce qui se serait passé sans moi ? Tu crois que je vais laisser tout recommencer ? Mais qu'est-ce que cette maudite île vous fait à toutes ? Je t'empêcherai de...

— ROSE ! Ça suffit !

Mon père s'était levé, lui aussi, d'un bond, en criant. J'ai regardé ma grand-mère, elle tremblait de rage. Les yeux baissés, maintenant. Elle, toujours si douce et généreuse avec moi, chez qui je me réfugiais dès que je me disputais avec mes parents quand j'étais petite. Ma Mamie Rose. Rouge de colère, qui venait de marteler chaque mot avec une telle haine. Elle était méconnaissable. Lili avait l'air terrorisée. Papa s'est rassis, sans me regarder. Le silence était d'une lourdeur intolérable.

— Quelqu'un peut m'expliquer ?

Je n'ai eu aucune réponse. Ma grand-mère est partie dans la salle de bains sans un mot. Mon père a pris sa tête dans ses mains en me conseillant d'aller me coucher. Sa voix était douce mais étrangement ferme. Et Lili, toujours

237

terrorisée, s'est mise à débarrasser. Je suis partie dans ma chambre en claquant la porte. J'ai essayé de joindre ma mère, elle était sur messagerie, j'ai préféré raccrocher. Puis j'ai envoyé un texto à Valentine pour qu'elle me rappelle. Bizarrement, c'était la première personne à qui j'avais envie de parler. Tout tournait dans ma tête sans jamais arriver à un embryon de conclusion logique. J'ai été chercher l'écharpe de Greg dans mon sac et j'ai essayé de me calmer en la respirant. Mais ça a été pire. J'ai recommencé à sentir les larmes couler. Qu'est-ce que je pouvais pleurer en ce moment ! On a frappé à ma porte. Mon père est apparu, avec sa tête des grands soirs...

— Ta grand-mère est rentrée... elle est désolée...

— Elle peut.

— Carla... c'est compliqué...

— Ah ! Le mot favori !

— Chérie. Personne ne te fera rentrer à Paris si tu ne veux pas...

— Je ne veux pas parler de ça... ce n'est pas ça le problème, il y a autre chose...

— Il faut que tu discutes avec ta mère, tu te montes la tête pour rien. Et mamie est fâchée par de... vieux souvenirs... elle s'est emportée bêtement...

— Papa ? Qu'est-ce qui s'est passé ?

Il s'est assis sur le bord de mon lit.

— Ta mère te racontera... si elle en a envie. Ce n'est pas à moi de le faire. Je dois lui parler d'abord. Tout ça, c'est très vieux. Vraiment.

Il n'a rien ajouté. J'étais épuisée. Il est resté là jusqu'à ce que je m'endorme. Mamie Rose m'a appelée le lendemain, elle avait repris sa voix tendre. Elle était « affreusement désolée », elle n'avait pas voulu crier... Mais encore une fois, face à mes questions, elle a fui. J'ai tout raconté à Jessica, finalement, qui m'a d'abord fait rire, comme d'habitude :

— Eh ben, dis donc, c'est du Julien Courbet...

— Jess ! J'ai l'impression que tout le monde me cache un truc énorme !

— Oui ben, c'est souvent, dans ces cas-là, qu'en fait, il n'y a rien de spécial !

— Maman ne m'a toujours pas appelée...

— Tu rentres dans une semaine, vous parlerez à ce moment-là.

Quand je suis descendue de l'avion, à Bastia, j'ai cherché maman parmi les gens qui attendaient derrière les portes vitrées, mais j'ai soudain aperçu Mme Versini, qui me faisait de grands signes en criant « Bonne année ! » Je ne savais pas si j'étais inquiète ou soulagée. Dans la voiture, elle semblait naturelle et décontractée : maman avait une réunion importante, elle n'avait pas pu venir. Elle me posait des questions sur Paris, sur Mathieu, me donnait de bonnes nouvelles de tout le monde, parlait sans arrêt. J'ai été étrangement soulagée d'arriver à la maison, de retrouver ma chambre et le miaulement incessant de Joséphine. Même Napoléon avait l'air content de me revoir. La maison était complètement vide. Personne... pas même les ouvriers habituels dans la cour. Mme Versini s'est immédiatement plongée dans son fameux cahier de comptes, et j'ai essayé d'appeler Léo, Valentine et même Mathias... sans succès. Tout le monde était sur messagerie. Je me suis pelotonnée devant la cheminée, Joséphine sur mes genoux. Vers 14 h, je suis descendue au café, pour trouver la grille baissée. « Congé annuel ». Alors j'ai erré un peu sur le port glacial et désert. Maman m'avait laissé deux messages, elle travaillait, elle allait rentrer vite, je lui avais « infiniment manqué »… Elle m'embrassait et me conseillait de regarder mes devoirs. J'ai hésité à appeler Mathieu, mais je suis remontée sans le faire. J'ai passé l'après-midi à relire vaguement mes notes d'histoire-géo en bâillant, et en regardant la pendule. Ensuite, je me suis endormie. Mme Versini m'a réveillé vers 21 h… pour dîner. Toujours personne. Aucun appel. Je n'ai pas osé non plus demander où était Greg, je n'avais pas vu sa voiture. J'ai rappelé chez Valentine : sa mère m'a gentiment répondu qu'elle était sortie avec Léo et Mathias, elle ne savait pas où. Je commençais à sérieusement trouver tout ça bizarre. Cette journée avait quelque chose de pas naturel. Je me suis à nouveau assoupie devant la télé, quand j'ai enfin entendu la porte d'entrée claquer. Ma mère est arrivée en premier dans le salon comme un boulet de canon, l'air affolée...

— Chérie ?

— Oui ?

— Il faut que je te parle.

— Vous étiez où ? Il est quelle heure ?

Francesco est entré juste derrière elle, il m'a souri nerveusement.

— Salut...

— Tout le monde est rentré ?

— Non, ils sont au château... je crois... Bon... je vous laisse, entre... femmes.

Maman s'est assise à côté de moi. Francesco a soupiré, puis il est sorti. J'étais parfaitement réveillée maintenant. J'ai entendu Francesco appeler Mme Versini en hurlant. Je la regardais sans comprendre.

— On doit partir une petite semaine... à Bonifacio, tu vois, juste dans le Sud, là où je t'avais montré les plages sur la carte.

— Oui, je vois, ça va. Qui part ?

— Francesco et moi. On a des soucis de boulot. Les ouvriers sont partis. On a du retard sur tous les paiements, il faut qu'on aille voir les créanciers et... essayer de... enfin, bref, c'est pas drôle.

— Pourquoi à Bonifacio ?

— On a des amis là-bas, l'architecte est sur un nouveau chantier pas loin... Il faut qu'on obtienne des délais, tout ça, c'est un peu trop compliqué à t'expliquer là.

Elle avait l'air complètement folle d'angoisse. J'ai pris sa main :

— Maman ? C'est si grave que ça ?

— C'est... pas super, on va dire. On ne voudrait pas avoir fait tout ça pour ne pas pouvoir ouvrir, tu vois. Mais on ne peut pas... commencer... maintenant, c'est pas du tout prêt... et en même temps, il faudrait...

— Je croyais que c'était prévu au printemps ?

— Oui... mais, les choses ont changé... Si on veut garder nos fournisseurs et surtout notre ami banquier... pour le crédit... faut ouvrir demain !

Francesco a toussé. Comme tous les hommes de la famille, il avait ce pouvoir mystérieux d'en-

trer dans les pièces sans un bruit. Il se balançait
d'un pied sur l'autre :

— Faut y aller.

J'ai regardé maman, sans comprendre.

— Vous partez tout de suite ? En pleine
nuit ?

— Oui. On va mettre trois heures à peu près.
On a rendez-vous demain tôt.

— Ah... d'accord...

— Vous allez vous organiser. On a parlé avec
Greg et Léo. Et Mme Versini s'occupe de tout.

— Oui... bien sûr... d'accord.

— Et Carla... je veux que tu ailles au lycée
cette semaine, c'est d'accord ?

— Ben, oui. Pourquoi je n'irais pas ?

— Pour rien. Allez, on y va.

Elle s'est levée pour se diriger vers la porte,
mais, arrivée près de Francesco, elle s'est arrêtée. Ils se sont regardés, puis il l'a prise dans ses
bras. J'ai entendu des sanglots étouffés. Il lui
caressait le dos, je me suis approchée et j'ai
remarqué des larmes briller dans ses yeux à lui
aussi. Je ne sais pas ce qui s'est passé en moi, je
ne peux pas l'expliquer. J'ai été subitement sub-

mergée par une vague de tristesse. J'avais rarement vu ma mère craquer comme ça. Elle s'est doucement dégagée, elle a essuyé ses joues du revers de sa main. Presque gênée. Elle avait l'air perdue, fatiguée, on aurait dit une petite fille. Elle m'a caressé la joue :

— Désolée, chérie. Ça va aller.

— Ne t'en fais pas, maman, je suis sûre que tout va s'arranger. Qu'est-ce que je peux faire pour vous aider ? Francesco ?

Il a écarquillé les yeux comme s'il se demandait à qui je venais de parler. Puis il a passé son bras autour des épaules de maman.

— Je vais te laisser des papiers pour Greg, il saura où les porter. Essayez d'aller voir Doumé, de discuter avec lui, il doit connaître d'autres ouvriers... et ne vous inquiétez pas trop...

— D'accord...

Il est sorti en me faisant un petit sourire. Maman m'a prise contre elle. J'ai senti qu'elle pleurait à nouveau. Je l'ai serrée le plus fort possible.

— On va trouver une solution, maman, je te le jure !

— Mais oui... c'est... juste... que je ne... On ne peut pas tout perdre maintenant. Ce n'est pas possible.

Je la sentais s'effondrer dans mes bras. Elle et son rêve, son équilibre, cette nouvelle vie que je ne comprenais toujours pas. Mais peu importe. J'ai pensé à Léo, Greg, Mathias, Valentine. J'ai pensé à Léna. Mme Versini. Même Luigi. J'ai pensé à Eva. Tous ceux qui aimaient cette île, qui rêvaient de cet Hôtel. J'ai pensé à cette maison grise, abandonnée juste un peu trop tôt. Pour la toute première fois, je me suis dit que je faisais partie de cette famille étrange. Mon initiale sur cette plaque dorée. Ma vie, ici, quand même. Oui, peu importe le reste. Les rêves des gens qu'on aime sont forcément un peu les siens. J'ai serré encore plus fort maman dans mes bras.

— On va l'ouvrir cet hôtel, je te le promets.

Mes propres paroles m'ont surprise. Pourtant, je le pensais. Je ne pouvais pas voir ma mère dans cet état de détresse. Elle avait tellement travaillé, elle y avait tellement cru. Pour la première fois de toute ma vie, je la sentais heureuse et investie dans quelque chose. Si le projet s'arrêtait, qu'allait-elle faire ? Qu'allions-nous tous devenir ? J'ai repensé aux paroles de Mamie Rose à Noël et j'ai eu un frisson. Depuis quelques mois, maman avait enfin une vie. Ça ne pouvait pas s'arrêter comme ça.

Je suis restée devant la porte à les regarder partir, Napoléon à côté de moi, pour une fois calme. Puis je suis rentrée et j'ai appelé Mathieu, sans réfléchir. Je ne me servais jamais du téléphone de la maison, Francesco ne voulait pas qu'on appelle des portables avec. Mais tant pis. Il était tard, il n'a pas répondu. J'ai laissé un message rapide et complètement embrouillé, expliquant tant bien que mal la situation, que maman était partie avec Francesco pour essayer de trouver une solution, que rien n'était prêt, qu'il fallait qu'on ouvre cet imbécile d'hôtel, que tout allait mal et qu'il me rappelle. Ensuite, j'ai pris le solex, et je suis partie avec au bout du chemin. Il faisait très froid, le vent s'était levé. Sans parler de la nuit noire et de mon phare minable. J'ai inspiré. Regardé la lune presque pleine qui éclairait la route, et j'ai continué. Je n'étais jamais allée au château toute seule, et encore moins de nuit. Si ma mère avait su que dix minutes après son départ... Bref. Tant pis. Je me concentrais pour rester le plus à droite possible, pour aller tout doucement, lutter contre le vent et surtout, ne pas rater la route vers Castell'u. J'avais les doigts gelés, la mâchoire tellement serrée qu'elle me faisait mal. Une fois dans le village, j'ai calé trois fois de suite, mais, heureusement, il y avait des maisons et quelques lumières rassurantes. Après, j'ai mis au moins vingt minutes à retrouver le bon chemin. Au pied du château, enfin, j'ai laissé le solex et je suis montée en courant. J'ai aperçu les bougies et des formes assises... Ils se sont levés en entendant du bruit, et je me suis écroulée dans les bras de la première personne qui est venue vers moi : Greg. J'ai senti l'ambre familier, j'ai entendu la voix grave murmurer : « Carla ? », et j'ai éclaté en sanglots. La peur, le stress, la nuit, maman, tout est sorti par gros bouillons. Il m'a fait asseoir et m'a enroulée dans une couverture. Mathias me frottait le dos et Valentine tenait ma main en souriant. Léo était allé chercher le solex pour le traîner près de nous. Greg me tenait toujours les mains dans les siennes, accroupi devant moi.

— Ben, qu'est-ce que tu nous fais ? Quelle idée de venir toute seule... pourquoi Mme Versini ne t'a pas déposée ?

— J'ai pas pensé.

— On allait rentrer, tu sais.

Après un petit verre de la fameuse liqueur de châtaignes, j'ai arrêté de trembler. J'avais un peu honte aussi de m'être mise dans cet état, même si, pour moi, je venais de faire le Paris-Dakar. J'avais peur qu'ils m'aient trouvé hyper « parisienne » sur ce coup. Mais ils avaient tous l'air trop anxieux pour se moquer de moi. J'ai raconté ce que m'avaient dit ma mère et Francesco, et j'avais aussi amené les papiers à Greg. Ils sont tous restés silencieux. Mathias s'est levé pour partir, mais je l'ai arrêté :

— Et c'est tout ? On va se coucher ?

— Tu as une autre idée ?

— Je sais pas... on pourrait essayer de trouver quelque chose à faire...

Léo n'ouvrait pas la bouche. Il avait un air

dur que je ne lui avais jamais vu. Et j'ai remarqué que ses yeux étaient bizarrement rouges. Il a attrapé sa veste sans me regarder...

— Pour toi, c'est plutôt une bonne nouvelle, non ?

— Pourquoi tu me balances ça ?

— Après tout, qu'est-ce que ça peut bien te foutre que ça ne marche pas ? Tu détestes cet hôtel.

— Léo... c'est débile de l'attaquer comme ça.

Valentine l'avait coupé sèchement. Il s'est tu, et a baissé les yeux. Greg lui a tapé affectueusement dans le dos, et a soupiré :

— C'est gentil de t'inquiéter, petite Carole, mais on va se démerder en famille.

Je me sentais redevenir une parfaite étrangère pour eux tous. Pire encore : peut-être que je n'avais jamais été autre chose ? Mathias a commencé à souffler les bougies et m'a souri :

— On vient d'en parler pendant deux heures, on va se débrouiller du mieux qu'on peut...

— Qu'est-ce que vous comptez faire ?

— Ça ne la regarde pas.

Léo encore. D'une voix étonnamment plus triste qu'agressive. Je me suis levée doucement et je suis allée vers lui. Valentine a voulu intervenir, mais j'ai entendu Greg lui demander tout bas de me laisser parler. Léo me tournait pratiquement le dos. J'ai mis ma main sur son épaule :

— Je sais bien que je ne suis pas de la famille. Je sais que je ne me suis jamais intéressée à cet hôtel, mais pour ma mère, cet endroit est vraiment... très important. D'accord, je ne ressens pas la même chose que toi. Mais je commence à comprendre ce que vous aimez ici. À me sentir... pas chez moi, mais... en tout cas... comme chez moi. Je voudrais vous aider. Je peux sans doute faire deux trois trucs simples, genre des trucs de *pinzute* ?

Mathias a ri. Ça m'a redonné du courage, même si Léo ne bougeait toujours pas.

— Je ne sais pas ce que vous avez décidé, mais je voudrais juste... participer. Et j'espère que tu voudras... que vous voudrez bien de mon aide. Parce que vous m'avez tous beaucoup aidée. Voilà. Ce serait bien, pour nos mamans. Et pour moi, aussi, je me sentirais enfin utile...

— Ça va, ça va, arrête, je vais pleurer !

Il s'est retourné avec un grand sourire, un des plus taquins possibles, choisi dans sa large palette. Il m'a fait une rapide pichenette sur le nez :

— Ma vieille, va falloir bosser !

— OK.

— À partir de demain, on remplace les ouvriers, et on s'y met...

— Ah... d'accord...

Valentine et Mathias ont explosé de rire en voyant ma tête. Greg s'est approché de moi en souriant, aussi ironiquement que son frère :

— Avec Mme Versini, Luigi, Doumé et Léna, on devrait y arriver. Papa va s'occuper des délais du crédit, des paiements pour l'architecte, etc. En attendant, nous, on va avancer. Il faut finir l'hôtel pour ouvrir et faire que l'argent rentre... C'est notre seule mission. Alors, on se tait et on travaille... OK pour tout le monde ?

Il m'a fait un clin d'œil et j'ai senti instantanément mon ventre se serrer. Léo a tendu sa main en avant, paume vers le ciel, Greg a posé la sienne dessus. Suivi de Valentine et de Mathias. J'ai souri et ajouté ma main en haut de cette petite pyramide. C'était vraiment de grands malades, mais je ne m'étais pas sentie aussi vivante et excitée depuis très longtemps !

QUATORZE

On a tous protesté, mais en vain. Le lendemain, Mme Versini nous a envoyés au lycée en fronçant les sourcils. Même si elle avait encore les larmes aux yeux après notre réunion matinale. On leur avait annoncé le « plan de bataille » à elle et Luigi, au petit déjeuner. L'idée qu'on veuille reprendre et finir les travaux l'avait bouleversée. Certes, elle ne cessait de chanter nos louanges... mais pas au point de nous laisser sécher. Maman avait peut-être senti quelque chose en me faisant promettre d'aller en cours la veille ? On s'était dit qu'on préviendrait Francesco le soir même, en douceur, pour pas les affoler. Greg allait s'occuper de « l'état des lieux » et discuter avec Doumé et Léna, puis il devait concocter un planning pour chacun. À la pause déjeuner, on s'est retrouvés Léo, Mathias, Valentine et moi dans un café pour noter la liste des priorités : où en était le chantier, ce qui restait à faire, et de combien de temps on aurait besoin pour tout gérer. J'avais l'impression à la fois de nager en plein délire et d'être responsable d'un vrai défi. J'étais aussi enthousiaste qu'en jouant, petite, à la marchande mais j'avais quand même conscience du surréalisme de notre plan. Valentine était en train de proposer qu'on compte deux jours par chambre pour la peinture, et Mathias arguait qu'une journée suffirait si on ne posait qu'une couche. Par-dessus leur dispute, j'essayais de me faire entendre : une couche, c'est moche et ça ne tient pas. Et Léo suggérait d'abord qu'on se demande surtout avec quel argent on achèterait la peinture… quand son portable a sonné. Il a fait « Greg ? », puis s'est levé pour parler dehors, avec un air mystérieux. On s'est tous regardés en se taisant subitement. Puis il est revenu quelques minutes plus tard, en me tendant le téléphone. Je l'ai collé contre mon oreille :

— Oui ?

— Carla, tu peux rentrer cet aprèm' ?

— Qu'est-ce qui se passe ?

— On a un problème. Faut que je te parle.

— À moi ?

— Non... à Joséphine, mais elle m'aide pas... T'as des cours importants ?

— Euh... maths et anglais et...

— Ouais, on s'en fout. Je viens te chercher dans une heure devant le lycée.

— Mais qu'est-ce qui se passe ?

— Mathieu a appelé ce matin et...

— Il est arrivé quelque chose ?

J'ai entendu un petit rire. Ça m'a tout de suite rassuré.

— Non... pas de panique, Blondinet pète le feu... C'est moi qui ai répondu, t'as oublié ton portable.

— Ah ? Merde...

— Écoute, je t'expliquerai, à tout' !

J'ai rendu le téléphone à Léo. Trois paires d'yeux étaient fixées sur moi. J'ai réfléchi à toute vitesse : puisqu'il avait parlé de Mathieu, ça avait forcément un lien avec lui. Qu'est-ce qu'ils avaient pu se dire ? Valentine m'a tirée brusquement de ma rêverie :

— Eh, oh ! Tu nous racontes ! ?

— J'en sais rien... il vient me chercher au lycée.

J'ai foncé à la cabine du café pour joindre Mathieu. Bien entendu, répondeur ! Jessica pareil. Ils étaient forcément encore en cours. Léo m'a promis de prendre mes notes de l'après-midi avec un empressement pas tout à fait naturel : il avait l'air d'être tout à fait au courant de quelque chose, Mathias lui trouvait son « sale air ». Mais on a eu beau insister tous les trois comme des malades, il s'est contenté de secouer la tête en expliquant qu'on verrait bien ce soir. À 14 h pile, la 4L orange s'est garée devant le lycée. Greg a démarré tout de suite, mis la musique, allumé une cigarette...

— Bon, tu m'expliques ?

— Je préfère discuter à la maison.

— Greg, c'est pas vrai !

— Non... je rigole ! Écoute, c'est assez

simple, je pense qu'on a une solution qui vient de tomber du ciel...

— Pour l'hôtel ?

— Ton Mathieu voulait t'en parler d'abord, mais comme c'est moi qu'il a eu... Ses parents ont un hôtel à Nice, tu connais ?

— Oui... C'est le Palais des Palmes...

— Je sais. Et ben, ils sont dans une merde noire : dans quinze jours, dix journalistes débarquent pour deux nuits. Ils devaient faire des articles sur leur nouveau centre de soins...

— Mais je croyais que c'était en mars ?

— Faut croire que non, le voyage de presse est avancé... et rien n'est prêt.

— Et alors ?

— Mathieu pense que ce serait une bonne idée de dévier ces journalistes ici... qu'ils passent les deux nuits à Erbalung' et qu'ils écrivent leurs papiers sur un hôtel de charme, au cœur d'un village typique, etc. Ses parents sont d'accord pour financer les vols Nice-Bastia aller-retour. Quelque part, ça les arrange qu'on détourne l'attention de leur truc... Et pour nous, c'est une pub inespérée...

Je suis restée quelques secondes sans pouvoir parler. Je n'arrivais pas à mettre mes idées en ordre... alors, j'ai commencé par rire :

— Mais bien sûr ! Quelle bonne idée... dans quinze jours... ce sera nickel.

— Il va falloir se bouger, c'est certain, du coup, on va devoir modifier légèrement le planning, mais dix chambres de prêtes, c'est possible !

— Tu plaisantes ? Est-ce que tu sais ce que c'est qu'un hôtel de charme ?

— Je m'en fous. C'est une chance qu'on ne peut pas rater, pas au point où l'on en est. Réfléchis et rappelle ton Mathieu. De toute façon, on ne le fera que si tu es d'accord.

— Bonjour la pression...

— Je croyais que tu voulais t'investir, petite Carole ?

J'ai passé l'après-midi entier au téléphone avec Mathieu et Jessica surexcités, et Greg qui faisait des calculs et des plannings. J'avais eu peu de temps pour discuter au calme avec Mathieu, mais j'étais absolument sidérée de sa réaction et de son investissement. J'avais écouté mon portable en arrivant, il m'avait laissé sept messages après avoir entendu le mien cette nuit : ma voix et mon affolement lui avaient fait peur, il ne supportait pas de m'entendre dans cet état, il allait faire tout ce qu'il pouvait. Il finissait en disant que « si cet hôtel comptait finalement autant pour moi, il compterait pour lui. Point ». J'avais presque honte de ne pas avoir trouvé quelque chose toute seule. Comme me le répétait souvent Jess', j'avais vraiment une perle d'amoureux. Il me parlait comme un vrai chef de chantier, avec un tel bon sens logique et un tel sérieux que je prenais des notes sans faire de commentaire : il faudrait songer à un minibus pour le transport, prévoir forcément les deux petits déjeuners, se débrouiller pour les autres repas, finir en priorité la réception, etc. Les notes, c'était bien. Maintenant, il suffisait juste d'envisager sérieusement cette idée. Les parents de Mathieu allaient rappeler vers 21 h, pour avoir le numéro de Francesco et tout lui expliquer. Mais on devait les convaincre, nous, d'abord. Si ma mère apprenait directement cette histoire par les parents de Mathieu, ça n'allait pas bien se passer du tout. Greg a alors décidé de se faire passer pour Francesco en attendant, et j'ai trouvé l'idée géniale... enfin, disons plutôt que je me suis dit qu'on n'avait pas le choix. Il nous fallait gagner du temps pour les empêcher de se braquer direct. À minuit, la réunion battait son plein : on était tous installés autour de la grande table dans la cuisine, parmi les restes de pizza, les feuilles, les croquis et surtout, l'agenda avec une date entourée en rouge : dans quinze jours, le 17 janvier. Mon anniversaire et l'arrivée des premiers clients. Mme Versini avait été mise au parfum et, une fois qu'on a pu l'empêcher de sauter sur le téléphone pour appeler ma mère puis la police, elle s'est calmée et a écouté sagement notre organisation. Mathias et Valentine allaient s'installer là dès le lendemain pour les quinze jours de rush, on irait au lycée deux par deux, un jour sur deux : Mathias et moi ou Léo et Valentine. Chacun prenant les cours de l'autre, par classe. On avait renoncé à réquisitionner trop de monde. Greg a accroché le tableau final sur le mur de la cuisine, on s'est tous planté devant, en silence. C'était vertigineux : il fallait déblayer la cour, installer et meubler la terrasse, repeindre dix chambres (deux couches), installer tous les volets, les rideaux, les meubles, les baignoires... Finir entièrement l'entrée et la réception, poser toutes les appliques dans les couloirs et les chambres. Préparer tout le linge (draps, serviettes) et trouver de la vaisselle. Tenter de donner une touche décorative à l'ensemble et enfin, comme avait écrit Léo tout en bas : « Poser la plaque et prier ! » On a continué à parler dans la chambre de Greg jusqu'à plus de trois heures du matin. Léo et lui iraient le lendemain chez les fournisseurs pour récupérer la peinture et tout le matériel possible. On avait fièrement rassemblé toutes les économies qu'on avait. Même si Mathieu m'avait répété de l'appeler pour « le moindre problème d'argent », Greg refusait catégoriquement. Valentine a dormi avec moi, on était épuisées, mais impossible de fermer l'œil tout de suite. Elle m'a avoué qu'elle n'aurait jamais pensé que je puisse les aider comme ça, j'ai répondu en riant que moi non plus.

Ensuite, c'est difficile à raconter... Une impression que la vie s'accélère. Les jours qui ont suivi ont été sans doute mes meilleurs souvenirs de ces derniers mois. Et pourtant, sérieusement, je n'avais jamais autant travaillé de ma vie, surtout à faire des trucs aussi improbables que lessiver un mur ou poser une tringle à rideaux. Dès le lendemain, Doumé et Léna venaient en renfort par intermittence, selon les horaires du café. Ils avaient râlé au début, voulaient prévenir Francesco de l'activité de « sa petite armée », mais on a fini par les convaincre de nous aider sans qu'il ne disent rien. Et on a pris le rythme. On se levait à l'aube, on se couchait bien après minuit, et on n'arrêtait pas. La maison entière avait changé : au début, ça a été le grand nettoyage, toutes les fenêtres ouvertes, la musique à fond, les deux aspirateurs non stop en marche, nos bouts de sandwiches dans les coins, et nous tous, méconnaissables dans nos vieux jeans maculés de saleté et de peinture, passant d'une pièce à l'autre en riant. Puis, on a attaqué les choses sérieuses. Greg était notre

chef de chantier : il donnait les directives, vérifiait le boulot et repassait un peu derrière tout
le monde. Pendant cette période aussi, mes rapports avec lui ont changé. On travaillait souvent
ensemble, on restait le soir plus tard pour regarder le planning du lendemain. J'avais l'impression qu'on se parlait réellement pour la
première fois, sans vannes, ni sous-entendus.
J'avais aussi remarqué que Valentine jetait sur
notre nouvelle complicité un œil plutôt
moqueur, limite hostile parfois, mais je m'en
fichais. On ne faisait rien de mal. Dans les faits,
en tout cas. Pour le reste, travailler deux fois
plus dur pour lui faire plaisir, et continuer à ressentir ce vertige quand il s'approchait à moins
d'un mètre de moi... c'était un autre problème,
auquel je ne voulais pas penser. De toute
manière, je ne posais aucune question sur rien,
j'avançais avec les autres, en refusant de réfléchir sérieusement. Et pourtant... je savais bien
que nous étions en zone rouge. Greg, qui avait
discuté avec le père de Mathieu comme s'il était
Francesco et qui signait nos mots d'absence,
moi qui racontais chaque soir au téléphone à

maman que tout allait bien, que le lycée roulait et qu'à la maison il n'y avait « rien à signaler ». Mathieu et Jess' nous appelaient aussi tous les jours vers 18 h, pour faire un bilan, et ils me faisaient rire : je les sentais quasiment aussi investis que nous. Tout ça par pur amour pour moi, puisque je savais bien à quel point ils se fichaient éperdument de cet hôtel. C'était une jolie histoire de solidarité, et je n'avais envie de ne penser qu'à ça. Je ne voulais pas voir le reste, le fait que ce que nous faisions impliquait d'autres gens, les parents de Mathieu par exemple, ou les fameux journalistes... Quand maman et Francesco rentreraient, il serait toujours temps de redescendre sur Terre, d'accepter peut-être, que nous nous racontions trop d'histoires.

Mais les jours passaient inexorablement, et malgré notre organisation discutable et notre manque d'expérience, on peut dire que ça avançait. Je me rappelle d'un soir, juste avant le coucher du soleil... La cour de devant était maintenant entièrement propre. Valentine ratissait les graviers et délimitait des espaces pour y installer des énormes pots de fleurs, prêtés par sa mère. Greg, Léo et moi, on finissait de désherber le petit chemin, pour lui donner un air « d'allée », un peu moins bordélique. J'avais les mains en sang à force d'arracher des ronces, même avec les gants. J'ai relevé les yeux, et j'ai vu que Mathias et Luigi accrochaient le dernier volet au troisième. La façade, avec toutes ses touches bleu lavande, paraissait vraiment beaucoup plus gaie. Mathias m'a fait un signe, je lui ai souri. Je me suis sentie d'un coup hyper fière, remplie de satisfaction : ça ressemblait à quelque chose et c'était aussi un peu grâce à moi. Greg a suivi mon regard, en souriant :

— Ça a de la gueule... bon, après, faut juste pas rentrer.

— Demain, on finit la peinture, ça va donner un coup de propre partout...

— Je suis pas là de la journée demain. Tu verras pour le plafond avec Mathias, je lui ai expliqué.

— Tu vas où ?

— Si on te demande, tu diras que tu sais pas.

Immédiatement, j'ai senti monter la mauvaise

humeur. Cela faisait huit jours qu'il n'avait pas quitté la maison, qu'on passait quasiment 24 heures sur 24 ensemble. Qu'est-ce qu'il pouvait avoir de si important pour nous planter toute une journée ? Et surtout, comme cela devait forcément avoir affaire avec notre chantier, pourquoi ne voulait-il pas en parler ? J'ai essayé de sonder Léo avant le dîner, sans succès. Il ne savait même pas que Greg partait quelque part le lendemain. Mathias bossait encore avec Luigi, et j'ai préféré éviter de poser la question à Valentine. On a dîné en vingt minutes dans la cuisine, comme d'habitude, puis chacun est reparti à son poste. J'étais en train de gratter frénétiquement des taches sur le parquet de la chambre 12, quand j'ai entendu Mme Versini discuter avec Greg dans le couloir. J'ai rampé jusqu'à la porte. C'est elle qui parlait :

— Pourquoi si tôt ?

— Je voudrais arriver vers 9 h à Centur', le temps de déposer les papiers, de voir... qui je dois voir, tu sais. Je rentrerai plus tôt comme ça.

— Tu vas le dire à la petite ?

— Non. C'est pas le moment. On a du boulot, faut se concentrer là-dessus d'abord... Je compte sur toi ? Pas de bavardages ?

— Est-ce que je lui ai déjà dit quelque chose ? J'ai promis à Soline....

— Eh, ça va... *mi scusu*... allez, *bonanotte*...

Deux heures plus tard, tout le monde était parti se coucher. J'ai dit bonsoir à Greg comme d'habitude, sans poser une seule question, et je suis rentrée dans ma chambre. Une douche, une petite préparation d'affaires pour le lendemain, et mon réveil à 6 h. On voulait me priver d'une petite balade à Centuri ? C'est ce qu'on verrait. Le lendemain matin, j'étais prête à 6 h 30. Je suis descendue sans un bruit me faire un thé et déposer un mot sur la table de la cuisine. Par chance, Napoléon avait enfin fini par me reconnaître et il s'est contenté d'agiter la queue sans bouger. Dès que j'ai entendu du bruit dans l'escalier, j'ai foncé dehors, et je me suis installée tranquillement dans la 4L orange, en attendant. La tête de Greg quand il a ouvert la portière et m'a vue : du pur bonheur. J'ai cru qu'il allait avaler de travers...

— Carole ! Tu es très drôle... Allez, remonte dans ta chambre !

— Non. Je viens avec toi.

— Non, tu restes ici ! Ne m'oblige pas à te porter ...

— Je veux aller à Centuri. Et j'irai.

— Comment tu sais que j'y vais ?

— Peu importe.

Il a soupiré et s'est installé au volant. Même s'il n'a pas démarré tout de suite, j'ai su que j'avais gagné. Il a haussé les épaules.

— Ils vont avoir deux personnes en moins aujourd'hui, c'est vraiment dommage...

— Tant pis. Je travaillerai cette nuit.

— Pourquoi tu veux absolument aller à Centur' ?

— À toi de me le dire...

Il a démarré sans un mot. J'ai souri et mis la musique. J'allais enfin découvrir ce mystérieux village dont tout le monde parlait et puis, je disposais de toute une journée en tête-à-tête avec Greg. Pour une fois, j'avais consciencieusement oublié mon portable sur ma table de nuit.

C'est difficile aujourd'hui de se rappeler tous

les détails de cette journée. Elle est passée très vite, comme tous les moments uniques. Le soleil brillait presque comme au printemps, le ciel était bleu vif, l'air frais, plein d'une odeur de maquis humide. On a roulé longtemps. Greg m'avait montré Centuri sur la carte : presque à la pointe du Cap, côte Ouest. Mais en réalité, et vu la route, on allait mettre presque deux heures. On est remontés sur la côte à l'est, en passant par Sisco, Pietracorbara, Porticciolo... pour arriver à Santa Severa, et tourner à gauche pour traverser le Cap. Au début, il ne disait pas grand-chose, râlant encore contre moi et mon caprice. Et puis, au fur et à mesure qu'on avançait, il a commencé à me raconter des souvenirs liés à chacun des villages, sur chacune des plages, ce que c'était de naître ici, d'avoir été enfant, puis ado ici, au Cap. Ce qu'il appelait « l'île dans l'île » À quel point aussi il s'était senti isolé, parfois, presque loin de toute forme de « civilisation »...

— À Paris, les gens rêvent des États-Unis, moi, je rêvais de Paris.

On a commencé à parler de nos deux vies,

parfaitement et diamétralement opposées. Moi, la fille unique, urbaine et gâtée, dans son grand appartement parisien, lui, dans une petite maison à Centuri, avec Léo, les soucis d'argent, la mort de sa mère. Je le plaignais, je n'arrêtais pas de répéter comme cela avait dû être difficile, mais il a fini par rire. Ce n'était pas Cosette, il ne se rappelait que les bons souvenirs, cet amour de son île, que lui avaient transmis ses parents, une forme d'héritage : une terre, une langue, une musique, une histoire, une cuisine. Toutes ces richesses qui te font te sentir différent, unique, original. Il disait qu'au début, il pensait que c'était un handicap, cette situation, une vraie fragilité. Et que le point de vue des autres sur l'île – les clichés habituels – l'avait fait pas mal souffrir aussi. Et puis, que, finalement, tout ça, c'était devenu une force. Quelque chose en plus. Je repensais aux blagues des parents de Mathieu et June, à Nice. Je lui ai raconté, il a ri :

— Indépendantistes, mauvais caractère, poseurs de bombes, magouilleurs... que des caricatures, on est habitués, tu sais. Quand j'habitais à Marseille, j'ai même entendu dire qu'on avait peur de moi, juste à cause de l'accent...

— Pourquoi les gens s'acharnent comme ça ?

— Si je le savais... À mon avis, ils sont jaloux et bêtes. Et puis, ça les arrange bien, faut toujours trouver des coupables, des méchants. Au fond, je crois simplement qu'ils ne comprennent rien. Alors qu'en venant ici, on pige pas mal de choses, non ?

— Oui... je crois que oui. Comme ce qu'il y a écrit dans ta chambre... l'affiche avec la phrase : « Toujours conquise, jamais soumise ».

— C'est la devise d'ici. Je te la ferai graver sur un tee-shirt, c'est tout toi.

Il m'a montré son ancien collège, à Luri, un village à l'intérieur des terres. Il m'a parlé de ses mauvaises notes et des conseils de discipline, puis de la fac à Marseille, de sa petite chambre de bonne, de son voyage au Mexique, de son envie de devenir psychologue scolaire dans un lycée ici... J'écoutais simplement, je donnais mon avis timidement, je souriais. Je ne m'étais jamais sentie aussi petite, aussi jeune en fait. Il n'avait que quatre ans de plus que moi, c'était lui qui était né dans un petit village, et j'avais l'impression d'être une enfant surprotégée, qui n'était jamais sortie de sa bulle, où tout était facile et arrivait tout cuit. La route est devenue vertigineuse sur l'autre côte. La vue sur la mer baignée de soleil était incroyable. Les virages s'enchaînaient, et, soudain, une descente très raide. La voiture a pris de la vitesse, Greg m'a fait signe de la tête, au bout de la route : Centuri. J'ai aperçu un petit port aux teintes pastel, posé au bord de l'eau. On aurait vraiment dit une carte postale : les bateaux bleus alignés, le bras de mer qui rentre comme un petit lac à l'intérieur du village, et, autour, les maisons rangées en escaliers, avec des murs jaunes ou roses, des fenêtres turquoises ou vert tendre, des terrasses de café, des mouettes. On est allés déjeuner sur le port, à l'Auberge du Vieux Moulin. On a même pu se mettre dehors. Greg a embrassé tout le monde en arrivant. Moi, je restais derrière lui, un peu gênée. Un plat magnifique de langouste grillée rien que pour nous deux n'a pas tardé à arriver. Je souriais sans pouvoir m'arrêter, je n'en revenais pas. Ce déjeuner, seuls, face à la mer, tous les deux, je voulais fixer le moindre détail dans ma mémoire pour pouvoir y penser ensuite, le soir, dans mon lit. Le vent dans ses cheveux, ses yeux sur moi, plus verts que jamais, la langouste que je n'arrivais pas à manger sans en mettre partout, le sourire de la patronne en nous regardant, son pull qu'il a mis sur mes épaules, le vin blanc qui m'a piqué le bout de la langue. J'avais l'impression idiote d'être dans un joli film romantique, on parlait de tout, on se souriait beaucoup. J'étais enfin détendue, avec juste cette petite boule à l'estomac, ce petit tressaillement quand sa main m'effleurait par hasard ou qu'il me regardait trop intensément. On a partagé une pêche melba, il avait de la chantilly sur le nez et j'ai avancé mon doigt pour lui enlever. Pile à cette seconde, la pensée est apparue dans mon esprit, claire et précise, comme si elle venait de s'inscrire en lettres de feu : j'étais folle amoureuse de lui. C'est le moment qu'il a choisi pour parler de Mathieu... parce que... la vie est souvent comme ça. Il m'a répété à quel point il appréciait son aide, tout ce qu'il avait fait pour nous. Que c'était vraiment quelqu'un de bien, le « blondinet ». J'ai hoché la tête. Je ne savais pas quoi ajouter. Penser à Mathieu à ce moment me paraissait atroce. Il y a eu un silence, il finissait son café, j'avais un peu froid soudain. Puis il m'a regardée droit dans les yeux :

— Et tu l'aimes ?

— Qui ?

— Euh... Mathieu ?

— Ah ! Oui. Oui. Je... oui.

C'était pitoyable, mais je n'ai pas pu faire mieux. Il n'a pas insisté. On s'est baladés dans le village, il m'a montré tous les endroits de son enfance, et on s'est arrêtés quelques instants devant une maison aux volets bleu lavande. J'ai tout de suite compris. Il s'est appuyé à la grille, l'air très ému, sans rien dire. Puis il s'est tourné vers moi :

— Je dois voir quelqu'un ici. Tu m'attends sur le port ? Tu sais y retourner ?

— Tu connais les gens qui ont acheté... ta... maison ?

— Oui... je suis là dans vingt minutes maximum.

Je suis retournée vers le port. En me retournant, je l'ai aperçu qui serrait la main d'un homme d'une quarantaine d'années, puis qui rentrait avec lui dans la maison. Je me suis installée à l'Auberge du Vieux Moulin, à l'intérieur, devant un thé. Je n'ai posé aucune question lorsqu'il est revenu. On a repris la voiture et on est repartis. Au bout de quelques kilomètres à peine, il s'est arrêté dans un tout petit hameau perché.

— Je voulais te montrer Cannelle. C'est mon endroit préféré.

Ce n'était que quelques maisons de pierre qui dominaient la falaise et la mer. Une vue à couper le souffle. Un calme presque anormal. On a marché quelques minutes sans échanger un mot. On regardait la mer, à perte de vue. Il avait un sourire incroyable. Quelque chose de profondément heureux émanait de lui, sans ironie ou agressivité, quelque chose de vrai.

— C'est là que je veux ma maison. Un jour...

quand j'en aurai vraiment marre des gens et du bruit.

— Tu seras hyper tranquille ici, ça, c'est sûr.

— On n'a pas besoin de tout ça. Tu sais, au fond, on n'a pas besoin de grand-chose...

— Je crois qu'il faut être très fort pour se passer de tout le superficiel...

— Mais, Carole, on fait de la philo...

— C'est gentil de m'avoir emmenée ici. J'aime beaucoup. Je sens que c'est important pour moi d'être venue.

— Viens, j'ai un dernier truc à te montrer.

On a repris la voiture, roulé encore. La route me faisait de plus en plus peur, même s'il avait l'air de la connaître par cœur. J'étais accrochée à mon siège. Il était quatre heures passées, le soleil commençait à disparaître lentement, les nuages arrivaient, teintés de mauve et de rose pâle. Il avait mis la radio, des chants polyphoniques : on s'était regardés avec un sourire, il avait murmuré « C'est la totale... » Puis encore une descente, un autre village, au bord de l'eau, presque désert. On est descendus, et on a marché jusqu'à une plage. Une grande plage de

278

sable fin, magnifique, complètement sauvage. J'ai aperçu deux vaches qui se promenaient au loin. On avançait doucement, la mer s'était levée, le vent soufflait fort, le sable volait, le ciel avait pris des couleurs flamboyantes. Il m'a prise soudain par les épaules et m'a tournée face à la mer : devant nous, une petite île rocailleuse surmontée d'un phare. Je me suis appuyée contre lui, il n'a pas bougé. Il s'est penché à mon oreille :

— C'est la plage de Barccagio et en face, c'est la Giraglia. On est au bout du Cap. Tout au bout. Là où on peut laisser aller les pensées et les secrets. Plus rien après. L'infini. C'est là où je viens pour parler depuis que j'ai dix piges. Même si personne ne répond. On peut tout dire ici. C'est là où mon père est tombé amoureux. Il y a vingt ans. De ta mère. Elle venait en vacances, elle avait un maillot blanc et elle ne le regardait jamais. Elle détestait cette île, et elle le trouvait plouc et agressif. Et lui, il venait ici le soir pour dire aux étoiles qu'il allait crever d'amour.

— Greg, est-ce que tu...

— Le reste, ce n'est pas important, tu sauras, tu chercheras et tu trouveras. Le plus beau, c'est juste ça. L'amour qui a attendu tant de temps, qui est là, aujourd'hui, finalement...

J'ai voulu parler encore, mais il m'a retournée vers lui doucement, et il a mis un doigt sur mes lèvres en secouant la tête.

— Secret. On n'en parle plus.

Il était tellement près, je me suis sentie trembler, tout se mélangeait dans ma tête : ma mère, Francesco, lui, moi, cette plage, le temps, les questions, les mensonges... Je l'ai regardé, j'ai senti des mots monter malgré moi jusqu'à mes lèvres, le rouge envahir mes joues. Je me suis dit que c'était maintenant, qu'il fallait dire quelque chose. Tant pis pour ensuite, tant pis s'il riait... J'ai fermé les yeux :

— Greg, je crois que je...

— Stop. On va le regretter tous les deux... si tu finis cette phrase. On rentre, princesse.

On n'a pratiquement pas dit un mot pendant tout le chemin du retour. En même temps, je me sentais incapable de parler. J'avais l'impression que ma tête allait exploser. Je n'osais même pas le regarder. Je fixais la route, en essayant de calmer ma respiration, de concentrer ma pensée sur autre chose que tout ce qui tournait en boucle dans mon esprit. J'avais une liste d'interrogations tellement longue que je n'arrivais même plus à les classer par ordre d'importance. Le bip de son téléphone a soudain brisé le silence. Il a écouté ses messages, j'entendais juste une voix grave et un ton furieux, qui n'annonçait rien de bon. Il a raccroché, soupiré, et m'a regardé avec un petit sourire ironique :

— Les vieux sont de retour... je crois qu'on va prendre cher !

QUINZE

L'ambiance de fin du monde à la maison quand on est arrivés... Tout le monde assis dans la cuisine, en rang d'oignon : Mme Versini, Doumé, Léna, Mathias, Léo, Valentine et Luigi. Les yeux baissés. Francesco qui fumait clope sur clope, et ma mère, montée sur ressort, qui tournait en rond autour de la table, en levant par instants les yeux au ciel pour s'écrier : « UNE SEMAINE ! On vous laisse une semaine ! » Lorsqu'on est entrés, soudain, le silence total. J'ai croisé le regard de Valentine qui avait l'air de me faire la tête. Maman m'a à peine regardée pour dire :

— Monte dans ta chambre !

Greg m'a barré le passage :

— Soline, c'est ma faute.

— En effet, oui, moi qui croyais que tu étais un adulte responsable ! Ça fait une semaine qu'ils sèchent, et que tu organises des projets ridicules, des voyages de presse en se faisant passer pour ton père... En roulant des amis à moi, en plus... Carla, dans ta chambre, tout de suite !

— Chérie, je pense qu'elle devrait rester. On doit parler.

La voix de Francesco, pour une fois claire et autoritaire, m'a surprise. Je suis restée plantée sur le seuil de la porte sans trop savoir quoi faire. Ma mère a soupiré. Je suis allée m'asseoir, et Greg s'est appuyé contre le mur. Ensuite, comment expliquer ? Une leçon de morale d'environ une heure et demie. On ne faisait que hocher la tête toutes les trois quatre minutes. Il a fallu tout entendre : nous étions fous, irresponsables, inconscients, on ne pouvait pas compter sur nous, on ne se rendait compte de rien, ce n'était pas un jeu, comment allaient-ils réparer nos bêtises, et le lycée, on avait menti, trahi leur confiance à tout jamais, etc. Un festival de reproches. Aucun de nous n'arrivait à en placer une, même les quatre adultes, parfaitement muets, qui se sentaient honteux et complices. Maman était tellement tendue qu'elle bafouillait et se trompait de mots. Bizarrement, je n'écoutais pas, je les regardais : Francesco et elle. Je les imaginais vingt ans en arrière, sur cette plage, au soleil des vacances. C'est la voix de Greg qui m'a sortie de mes rêves :

— Et maintenant, on fait quoi ?

Léo est immédiatement venu à son aide :

— Vous avez vu le boulot... on peut pas s'arrêter maintenant ! Dans une semaine, ils débarquent et on peut les loger deux nuits sans problèmes... Vous imaginez la pub ? On pourrait ouvrir vraiment à peine quinze jours plus tard, on gagne deux mois !

Ma mère a fait un signe à Francesco, genre « Je ne peux plus parler. » Il a soupiré. Mme Versini en a profité pour prendre la parole et vanter nos mérites : on avait travaillé sans relâche, on rattrapait nos cours en même temps, on ne dormait pas la nuit, on avait des tas de

285

bonnes idées... Léna a enchaîné, notre courage, nos valeurs, notre solidarité. Puis Valentine et moi, avec toutes nos solutions pour une déco express des dix chambres. Doumé a prévenu qu'il prêtait des tables, des chaises et de la vaisselle du café pour les deux jours avec les journalistes. Mathias a précisé les rôles de chacun : Greg, Doumé et Francesco navette aéroport, Maman et Mme Versini à l'accueil, Valentine et moi au service, Léo et lui aux bagages et Léna pour le petit déj'. Ma mère s'est assise, j'ai senti que son attention grandissait. Francesco ouvrait des yeux immenses. Il avait un sourire qui lui venait aux lèvres malgré lui. À 22 h, Mme Versini mettait des spaghettis en route, à 23h, on débouchait une bouteille de champagne : c'était gagné. Ils avaient enfin capitulé !

Dès le lendemain, je n'ai plus eu une seconde pour penser à autre chose qu'au chantier. Et quelque part, tant mieux... Ma mère m'avait quand même coincé au réveil pour me questionner sur la journée de la veille et j'avais parfaitement joué les naïves : on avait visité, c'était joli, ni plus ni moins. Je n'osais pas encore l'affronter dans une grande discussion sur le thème de tout ce que je ne savais pas de son passé. Il me fallait du temps, du calme et surtout du courage, trois choses dont je ne disposais pas tellement à cet instant. Pareil pour Mathieu, qui devait mettre la rapidité de nos coups de fil sur le compte de ma nervosité, rapport au grand jour qui approchait. Ma mère avait tout naturellement pris la direction des opérations et, du coup, ça rigolait beaucoup moins. Déjà, parce qu'on était forcés d'aller au lycée tous les jours et de ne se mettre au boulot qu'en rentrant, mais aussi parce qu'elle ne laissait rien au hasard. J'avais l'impression d'être employée dans une mine de charbon. En huit jours, j'ai peint, poncé, décapé, cloué, percé, balayé, essuyé, poli, lavé... une très nette sensation de femme orchestre ! Dans la maison, tout le monde filait doux. Même Joséphine se précipitait sous un meuble quand elle entendait la voix de maman. Les parents de Mathieu s'inquiétaient : il a fallu leur envoyer des photos de chaque recoin par mail, mais Jessica m'a rassurée en me disant que

tout roulait : « Le taudis est méconnaissable ! »
La veille du 17, on a passé l'après-midi à porter
des meubles et de la vaisselle sur notre dos, du
café jusqu'à la maison. On aurait dit une trans-
humance... Maman, les traits tirés, passait de
chambre en chambre : il fallait rajouter des
fleurs, changer un dessus-de-lit, il n'y avait pas
de savon, la serviette était trop usée, bref, rien
n'allait. On a fini à minuit, éreintés, anxieux,
ravis, devant la fameuse plaque dorée que Greg
venait de poser. Je regardais la plaque, les
visages de tous, j'ai souri tendrement à Valentine qui avait passé son bras autour de ma taille.
J'étais bien. Épuisée mais bien. Demain, j'aurais
17 ans. Nos clients arrivaient à 10h. Tout le reste
m'a paru loin et brumeux. J'étais fière et heureuse comme je ne me souvenais pas l'avoir
jamais été. Concrètement heureuse, voilà. Pas
comme une idée mais comme une sensation que
je pouvais toucher. Francesco est venu frapper
un peu plus tard à la porte de ma chambre. Je
ne l'avais jamais vu au quatrième. Il avait un
petit bouquet de fleurs blanches du maquis
dans les mains, l'air gêné et son sourire timide :

— Il y en a en trop en bas. Ça fait Interflora, c'est ridicule...

— Merci.

— Merci à toi. Vraiment.

Il a déposé un rapide baiser sur mon front et il est redescendu sans rien ajouter. Je suis restée sur le pas de ma porte avec mon bouquet. C'était idiot, mais j'étais très touchée.

17 janvier. Enfin ! J'ai ouvert les yeux ce matin à 7 h, complètement réveillée, en une seconde. J'entendais déjà un brouhaha en bas. J'ai enfilé la robe blanche que maman avait repassée la veille. Fait une natte propre, et ajouté par-dessus le petit tablier bleu lavande. Une parfaite petite femme de chambre, voilà qui ferait plaisir à ma grand-mère. Dans la cuisine, c'était la folie furieuse... Tout le monde s'agitait dans tous les sens pour régler les derniers détails : des toilettes fuyaient dans la 7, un rideau s'était décroché à la 8, la terrasse n'était pas finie, les fleurs fanaient trop vite. Je suis sortie en trombe pour ne pas me faire happer dans le tourbillon. J'ai croisé Léo, tout fier, derrière le grand bureau de la réception. Il comptait et

recomptait les dix clés devant lui. Valentine et moi avions passé des heures à y accrocher pour chacune un ruban, et une pierre ramassée sur la plage, sur laquelle on avait peint maladroitement le numéro de la chambre. On s'est souri. Le téléphone a sonné. Léo s'est jeté dessus, tout fier :

— L'Hôtel, Erbalunga, bonjour ? Ah, salut, je te la passe. C'est Mathieu...

J'ai pris le combiné en regardant ma montre, 8 h 34...

— Oui ?

— Bonne chance ! Je viens d'avoir mes parents, ils partent à l'aéroport de Nice avec la bande.

— Super.

— Bon anniversaire, ma douce !

— Merci.

— Je suis drôlement fier de toi !

— Merci. On a vraiment bien bossé.

— Je t'embrasse fort, je t'aime.

J'ai raccroché. Léo chantonnait « Joyeux anniversaire ». Je suis allée directement sur la terrasse pour aider Valentine qui se débattait avec les nappes. Et ensuite, les minutes ont commencé à durer des heures. On était tous au garde-à-vous dans la cuisine, impeccables, tendus comme des arcs, les yeux rivés sur la pendule. Doumé est arrivé pour prévenir qu'il fallait y aller : on avait loué trois voitures à Bastia. Greg et Francesco sont repartis avec lui. Et l'attente a recommencé. Je suis restée assise sur la terrasse avec Joséphine sur les genoux, comme le tout premier jour. Maman est arrivée derrière moi, j'ai senti son parfum, entendu ses talons claquer sur le sol. Elle a passé ses mains autour de mon cou :

— Drôle d'anniversaire, ma belle.

— Le meilleur possible, je te jure !

— Je t'ai dit à quel point tu m'avais impressionnée, ces derniers jours.

— Non, mais je suis d'accord pour l'entendre.

— Tu as tellement changé, Carla.

— Maman ?

— Oui ?

— C'est une bonne idée d'être venue vivre ici.

— Tu vas me l'écrire, et me le signer, d'accord ?

— Promis !

J'ai entendu Mme Versini l'appeler. Elle a fait un mouvement pour partir, mais j'ai gardé ses bras autour de moi :

— Tu as aimé tout de suite, quand tu es venues la première fois ?

— Euh... non, pas tout de suite... Je trouvais ça trop sauvage, presque violent.

— Tu me raconteras ?

— Qu'est-ce que tu veux savoir ?

— Tout.

Et puis, les voitures ont klaxonné... Et je me suis précipitée. On n'avait jamais vu tant de gens dans la cour. Des valises, des rires, des exclamations. Il fallait distribuer les clés, montrer les chambres, porter les valises... On se croisait tous avec des sourires, on se rentrait dedans, on s'excusait auprès des clients. J'entendais déjà des réflexions qui me faisaient sourire : « Comme c'est pittoresque ! », « Vous avez vu le panorama de la terrasse ! », « Mais c'est le bout du monde... », « Vous croyez que des gens vivent là l'hiver ? » Deux heures plus tard, on a servi l'apéro dans le jardin-terrasse derrière. Maman glissait d'un petit groupe à l'autre avec un sourire, Léo et Mathias avec leurs plateaux étaient morts de rire, et Valentine pressait Mme Versini de finir les canapés. Je voyais Francesco, paralysé par le trac, assailli par deux femmes en vrille, qui avaient l'air de lui poser mille questions par seconde. J'ai souri, et je suis montée dans ma chambre. J'ai observé la scène de là-haut sur ma petite terrasse, émue comme pas possible, presque les larmes aux yeux. J'ai entendu du bruit, Greg était juste derrière moi. Hyper chic dans son costume de « voiturier ». Son éternel sourire vissé au coin des lèvres.

— On a réussi, Carla...

— Ils ont l'air ravis.

Il a souri encore plus et pris un accent aristo :

— Ils sont... absolument enchantés !

— On descend ? Faut les aider...

Je suis passée à côté de lui et j'ai traversé ma chambre jusqu'à la porte. Je l'ai entendu me suivre. Et là... là, il y a eu comme un arrêt sur image. J'ai senti qu'il me touchait l'épaule, qu'il attrapait ma main, et, l'instant d'après, j'étais dans ses bras, ses lèvres sur les miennes. Mon cœur s'est instantanément emballé, j'ai sincèrement cru que mes jambes devenaient toutes molles, que j'allais tomber, mais je restais debout, les bras stupidement le long du corps. Il m'a serrée plus fort, j'ai senti son parfum violemment dans mes narines, sa langue frôler la mienne, et une décharge électrique dans mon ventre. J'ai réalisé qu'on s'embrassait. J'ai compris que cela n'avait rien à voir avec ce que j'appelais embrasser quelqu'un avant. Après, je ne sais plus. Je ne sais pas combien de temps cela a duré. Sans doute à peine une minute. Il m'embrassait dans le cou maintenant, sur l'épaule, il avait une main dans mes cheveux, derrière ma nuque, j'avais mes bras autour de sa taille, je cherchais encore ses lèvres, les yeux toujours fermés. Puis il s'est détaché assez brutalement, d'un seul coup. J'ai entendu un murmure, quelque chose comme « On ne peut pas... », et il est sorti en trombe pour dévaler l'escalier. Je suis restée debout au milieu de la pièce pendant plusieurs minutes. J'avais très chaud, la tête qui tournait. J'ai plongé mes mains sous le robinet et je me suis aspergé le visage. Dans la glace, mes yeux brillaient étrangement. Mes mains tremblaient comme des feuilles. Lorsque je suis enfin redescendue, tout est allé très vite, dans le hall, j'ai entendu une voix familière et, la seconde d'après, Mathieu était planté devant moi, avec un sourire et un bouquet de roses. Il avait l'air ravi, il disait « Bon anniversaire ! » Derrière lui, j'ai aperçu Greg qui a immédiatement fui mon regard. J'ai réussi à sourire bêtement, et à l'embrasser maladroitement. Je ne savais plus ce qui se passait, ni où j'étais, j'ai eu l'impression soudain que tout tournait au ralenti. Mathieu, lui ne se rendait compte de rien, il n'arrêtait pas de me parler. J'ai fini par comprendre vaguement ce qu'il disait, et je me suis tournée vers lui comme une automate :

— Qu'est-ce que tu racontes ?

— Surprise ! Demain, je t'enlève pour le week-end. Ta mère est d'accord, on passe deux jours ensemble à Paris. Ton père vient nous chercher et...

— Non.

— Quoi ?

— Demain... il y a tout le monde... je peux pas... je...

— Mais ils s'en sortiront très bien sans toi, je te dis que ta mère...

Je suis partie en courant. Je sentais les larmes venir. Le fameux bout de mon nez qui me démange. Je l'ai laissé là, planté, sans un mot d'explication. Je suis passée par-derrière, j'ai jeté un coup d'œil au jardin et j'ai dévalé la route jusqu'à la Tour. Du calme, du silence, pleurer, ne plus parler. Écroulée en bas de la Tour, j'ai fait la boule, je sanglotais sans m'arrêter. Tout me revenait par flash : ce baiser, « On ne peut pas », Centuri, Francesco, Mathieu, demain, Paris... Puis soudain, la mouette, l'odeur, ce que je vous ai raconté au tout début. Ce moment. Ce sentiment étrange et contradictoire : j'étais enfin chez moi. Ici. Enfin, je le sentais complètement, mais c'était aujourd'hui, où tout allait de travers. Savoir. Ne plus avoir peur. Je me suis levée d'un bond, j'ai couru vers la maison. Je sentais les larmes continuer à couler, j'accélérais. Le puzzle se mettait en place dans ma tête à une vitesse vertigineuse. Mes hypothèses folles me paraissaient soudain très claires. Tous ces mystères, ces mensonges, ma grand-mère, mon père, Francesco et son éternel air mal à l'aise, cette plage aux secrets, et surtout lui... « On ne peut pas. » Ils s'étaient rencontrés il y a vingt ans. Mais que s'était-il passé ensuite ? Est-ce qu'il y avait une chance que leur amour ait commencé à ce moment-là ? Une chance qu'il se soit passé quelque chose qu'on ne pouvait pas me dire ? Une chance que Francesco soit mon père ? Ce qui faisait de Greg... Je me suis arrêtée dans la cour devant la maison, le cœur battant. C'était impossible. Je ne pouvais pas ressentir ça pour... un frère. Je ne pouvais pas avoir découvert ce genre de sensations et qu'elles me soient à jamais interdites. Maman est sortie de la maison juste à ce moment-là. Derrière elle, Francesco et Greg qui chuchotaient. J'ai senti la rage monter, plus forte que jamais, ces conciliabules, ces airs détachés, ces apparences, cette famille... Maman est venue droit sur moi, la bouche qui tremblait, les larmes au bout des cils. Elle a voulu me prendre dans ses bras. Je l'ai repoussée de toutes mes forces. Elle a failli tomber, elle me regardait effrayée, sans comprendre. Greg s'est précipité vers moi, il a pris mes deux poignets et les a serrés. Il voulait me regarder en face, cherchait mes yeux, mais je ne voyais rien. Les larmes ne s'arrêtaient plus, j'entendais qu'il me chuchotait de me calmer... J'ai crié en me penchant pour voir maman, j'ai crié fort en la regardant bien en face, en essayant de ne pas lâcher ce lien, et je ne m'arrêtais plus... Les mots n'étaient pas clairs, je ne me souviens plus bien : je disais qu'il fallait me dire, que je ne pouvais pas rester comme ça, que je n'en pouvais plus, qu'il fallait me dire, me dire... Maman a regardé Francesco, puis elle a écarté Gregory de moi, ils se sont jetés un regard d'une violence inouïe. Ma mère le toisait :

— Qu'est-ce que tu lui as raconté ?

Il n'a pas répondu et il est rentré dans la maison, sans un mot. Sur le perron, Mathieu regardait la scène, je l'ai aperçu en suivant Greg des yeux : Mathieu droit comme un I, avec son air affolé, son bouquet toujours à la main, pâle comme jamais. Quand Greg est passé près de lui, ils se sont regardés, juste une petite seconde, puis Mathieu a tourné la tête. J'ai levé les yeux et agrippé maman. Je sentais mes jambes trembler, je ne pouvais plus parler. Je sentais confusément que des gens arrivaient sur le perron, j'entendais comme de très loin la voix de Francesco qui disait de rentrer, qu'on allait déjeuner, que « ce n'était rien », que « tout allait bien »... J'ai approché de l'oreille de Maman et j'ai rassemblé tout ce que j'avais de forces, simplement pour chuchoter... « Est-ce que c'est mon père ? » J'ai vu ses yeux se voiler, et son bras autour de moi s'est resserré. Elle a voulu parler, mais là tout s'est brouillé, des picotements partout, j'ai senti le vertige, l'impression de tomber, puis, plus rien. Le cri de ma mère. Et c'est tout.

SEIZE

J'ai rouvert les yeux dans sa chambre, fenêtres fermées, rideaux tirés, pas un bruit. J'étais sur le lit, maman assise sur le fauteuil juste en face, légèrement tournée vers la fenêtre, je la distinguais à peine. Je me suis redressée et elle n'a pas bougé. Simplement sa voix, comme différente, presque un chuchotement, humide de larmes.

— Ça va mieux ?

— Je me suis... genre... évanouie ?

— À peu près, oui.

— Les clients sont...

— La première fois que je suis venue ici, j'avais dix-sept ans, c'était juste pour le mois d'août, avec mes parents. On avait loué une maison près de Centuri... Au début, j'ai détesté cet endroit : tout me paraissait limite civilisé... Il n'y avait pas de boîtes de nuit, pas de copains à se faire, pas de plages amusantes avec des bars ou de la musique. J'ai détesté. Je restais des journées entières dans ma chambre, en guerre avec le reste du monde, fermée, capricieuse, injuste... Tu vois ?

— Je crois, oui.

— Ensuite... je les ai rencontrés et tout a changé... Sur la plage, à Barcaggio, un jour, j'ai juste ouvert les yeux et je les ai vus... Deux garçons, deux inséparables, plus âgés que moi, avec une voiture décapotable pourrie, des yeux clairs, une impression de liberté dans tous leurs gestes qui me faisait l'effet d'un aimant. Quelque chose que je n'avais jamais vu. On a passé des jours entiers à s'observer en silence, et puis, Francesco a osé. Il est venu me proposer de boire un verre. Et on ne s'est plus quittés. J'ai passé les meilleures vacances de ma vie. J'avais l'impression que le bonheur venait de donner un grand coup d'accélérateur : on riait sans arrêt, on se promenait, on nageait, on discutait toute la nuit en regardant les étoiles...

— Et tu es tombée amoureuse tout de suite ?

Il y a eu un silence. Je l'ai vue baisser la tête, je me suis mordue les lèvres, je l'avais stoppée dans son élan. Elle n'allait peut-être plus vouloir continuer. Mais elle s'est retournée complètement vers la fenêtre, quasiment de dos à moi. Sa voix était encore plus assourdie, j'ai tendu l'oreille.

— Je crois, oui... On était sans cesse tous les trois, quelques autres venaient se greffer à nous mais c'était rare, et on ne leur laissait pas beaucoup de place de toute façon. C'était le trio avant tout. C'est en partant que je me suis rendue compte. Antoine était merveilleux... doux, disponible, attentionné. J'avais senti très vite qu'il éprouvait des choses, qu'il aurait aimé qu'on soit plus qu'amis. Mais... je suis tombée folle amoureuse de Francesco... L'autre. Bien sûr. Celui qui ne me regardait pas vraiment, celui qui se moquait de moi, de mon accent trop pointu, de mes trop jolies robes, de mes parents trop inquiets... Celui qui ne montrait rien, mais qui me fascinait tellement que je n'arrivais pas à résister... dès qu'il souriait, quand sa main effleurait la mienne... je... pour la première fois... j'ai compris... c'était dangereux et intense, c'était nouveau, unique... Je n'étais pas assez, je ne savais pas... Je n'avais pas le choix, c'était trop fort...

Sa voix s'est encore brisée. Elle était loin, elle avait sans doute presque oublié ma présence. J'ai ramené mes genoux sous mon menton, essayant de faire le moins de bruit possible. J'ai fermé les yeux et attendu la suite, en espérant qu'elle n'entende pas mon cœur qui s'emballait tellement que j'étais persuadée de m'évanouir à nouveau.

— Je suis tombée amoureuse de celui qui était interdit, bien sûr... Je savais bien, il me l'avait dit tout de suite : elle s'appelait Eva, ils avaient un petit garçon de quatre ans. Gregory. Ils n'avaient que vingt-deux ans, mais ils s'aimaient tellement. Je suis revenue l'année suivante, à Pâques et aux grandes vacances. On s'écrivait tous les trois, on s'appelait quasiment tous les jours... Mes parents ont commencé à s'inquiéter. Surtout ta grand-mère. Je travaillais moins bien à la Fac, moi qui avait eu mon bac à seize ans, tu sais comme elle tenait à mon soi-disant génie précoce... La première année, elle est restée discrète. J'ai rompu avec mon petit ami à Paris. J'ai commencé à étouffer partout. Tout ce qui n'était pas là-bas, enfin, ici, me manquait. Cette île comptait plus que tout, ce qu'elle m'avait amené à découvrir en moi était immense, comme si j'avais enfin trouvé un endroit où être bien. Ma mère disait que c'était une vraie passion d'adolescente : sans raison, sans réflexion et bien sûr, que ça passerait vite ! Je suis devenue la petite amie d'Antoine l'été suivant... C'est difficile à imaginer, difficile à res-pecter aussi, je sais... Ce n'était pas par dépit, c'était naturel, évident, c'était nous trois, tou-jours. Personne ne comprendra jamais vrai-ment, sauf... Nous. On était si jeunes, tout est devenu très compliqué très vite... La distance, leur amitié à tous les deux ... J'aimais Antoine, et Francesco était toujours là, et Eva... mais c'était trop... j'étais si jeune... on ne pouvait pas vraiment... ça m'a échappé... c'est allé trop vite, trop loin... Les autres ne voyaient que le mal...

Les sanglots l'ont empêchée de finir... Elle s'est caché le visage dans ses mains, et mes larmes aussi sont montées immédiatement. Ma maman. Je me suis levée et je suis allée l'entourer de mes bras, les larmes ont redoublé, elle hoquetait en répétant sans cesse « Pardon... » Je me suis agenouillée devant elle et j'ai posé ma tête sur ses genoux. J'aurais voulu rester comme ça des années. Me blottir là et ne plus rien dire ou faire, ne plus rien voir ou décider. Et surtout, je ne voulais plus écouter, je savais, je connaissais forcément la suite, et je n'étais pas certaine de pouvoir le supporter... Maman a posé sa main sur ma tête et elle a murmuré...

— Carla, la vie est compliquée, il ne faut pas juger... Trois hommes ont compté plus que tout, personne ne peut juger ça. Chacun pour ce qu'il est. Indissociables. Mais Francesco n'est pas ton père, mon ange, je l'ai revu par hasard... Je ne l'avais pas vu depuis quinze ans. Je n'ai peut-être jamais cessé de l'aimer, qui sait ? Mais je suis tombée enceinte d'Antoine, de lui et lui seulement, et toute ma vie a changé... Ma chérie, j'ai lutté des années pour que ce moment soit le moins pénible possible pour toi... J'avais à peine vingt ans, il était loin, j'étais tellement perdue. Ta grand-mère a pensé que c'était mieux... qu'il fallait m'éloigner d'eux. Elle avait peur, elle avait honte, elle ne comprenait pas. Elle voulait me protéger... et je me suis laissée faire. J'ai rencontré mon mari, celui qui t'a élevé et qui restera ton papa toute ta vie. Il n'a posé aucune question, il m'a aimée comme j'étais, il t'a aimée comme un fou. Et puis... le reste tu sais.

Le silence de nouveau. On n'a plus parlé pendant un long moment... Maman me caressait les cheveux, je respirais doucement. J'étais l'enfant d'Antoine, la fille de Michel, et ma mère avait aimé Francesco toute sa vie. Je me sentais étrangement bien, comme quand on est extrêmement fatiguée et qu'on est sûr d'aller se coucher bientôt. Sonnée. Terrifiée. Rassurée. J'ai rassemblé mes dernières forces pour relever les yeux vers ma mère. Soline, la jolie Parisienne qui avait dévasté le cœur de deux jeunes garçons sur une plage corse... On s'est regardées longuement, pour la toute première fois. J'ai eu l'intime sensation que j'avais grandi... J'ai pris sa main... J'ai simplement dit :

— Centuri ?

Elle a dit oui.

*
* *

On est arrivés là-bas en fin de journée, le soleil se couchait sur le petit port rose. Les nuages formaient une corolle pourpre autour de la sphère incandescente, les maisons semblaient flotter dans une lumière irréelle. Il a tourné dans une petite rue et a arrêté la 4L en face d'une maison que je connaissais déjà. Là où il était allé la dernière fois. Je n'avais pas dit un mot depuis des heures. Ma gorge était serrée. J'ai posé mes mains bien à plat sur ma robe blanche et inspiré profondément. J'ai entendu le cri d'une mouette, le vent se levait, j'ai frissonné. J'avais l'impression de revenir vraiment à moi après une sorte de coma. J'étais sortie de la chambre de maman. J'avais marché jusqu'au jardin derrière... J'avais cherché des yeux Gregory parmi les tables. Les gens qui mangeaient, que je ne connaissais pas... Mon regard était concentré au maximum, une sensation d'avoir des œillères, un champ de vision très réduit auquel il fallait s'accrocher de toutes ses forces... Je le savais. Si je laissais passer ce moment, si je m'accordais du temps, si j'attendais, si je parlais à quelqu'un, ce serait impossible. C'était maintenant ou peut-être jamais. J'ai vu Mme Versini s'immobiliser en me voyant, près d'elle, Valentine portait un plateau qu'elle a failli laisser tomber... J'ai détourné le regard, scruté encore et je l'ai vu, enfin. Je suis allée vers lui et je lui ai parlé à l'oreille. Juste quelques mots dont je ne me souviens plus. Il n'a rien dit, il a simplement posé la pile d'assiettes qu'il tenait et qu'il venait de débarrasser. Et il m'a suivie. On est passés devant Mathieu, qui s'est écarté sans rien dire. Je me suis retournée et je lui ai simplement souri.

Puis, j'ai fait un pas vers lui, j'ai senti les larmes remonter et j'ai voulu parler, mais il a

souri aussi et en hochant la tête, il a murmuré
« À tout à l'heure... » Il n'y avait personne dans
la cour. On est montés dans la voiture et, au
moment où Greg faisait un demi-tour, j'ai
aperçu Francesco bondir dans l'encadrement de
la porte, et ma mère derrière lui qui semblait le
retenir. Il a appelé son fils, plusieurs fois... Greg
s'est tourné vers moi, un sourire au coin des
lèvres. J'ai simplement regardé droit devant. Il
a accéléré.

Je ne sais pas combien de temps je suis restée dans la voiture sans bouger, sans parler.
Greg à côté de moi était comme une statue
aussi. Et puis, un bruit nous a fait tourner la tête
à tous les deux... L'homme que j'avais vu la dernière fois parler à Greg, est sorti de la maison,
lentement... Mon cœur s'est serré au maximum,
et bizarrement, je me suis mise à penser à une
chose très étrange : que la voiture était bien trop
reconnaissable, qu'on aurait dû en prendre une
autre. Il s'est approché doucement, je sentais
que je m'enfonçais de plus en plus dans mon
siège, j'avais une furieuse envie de saisir une

télécommande magique, d'appuyer sur pause, voire même sur retour rapide, de ne pas savoir, de ne pas être venue, d'avoir six ans, de jouer à l'élastique... Quand il a été à la hauteur de la fenêtre de Greg, il s'est simplement penché. Je n'ai pas bougé, je crois que j'ai même arrêté de respirer. J'ai entendu une voix grave, un accent corse assez doux, une timidité évidente.

— Je serai sur le port, si vous... si vous avez envie de prendre un café... quand tu voudras.

Au tutoiement, j'ai tourné la tête un quart de seconde pour rencontrer des yeux bleus... Nos regards se sont croisés et il a souri, avec un air atrocement gêné, juste un sourire rapide, pas assuré. J'ai quand même remarqué les deux fossettes très marquées, comme deux sillons au cœur des joues, un peu plus haut que les miennes, et j'ai reçu comme un coup dans le ventre. Et puis, il s'est éloigné...

Greg est sorti fumer une cigarette dehors, il faisait les cent pas dans la rue. Puis je l'ai vu téléphoner, sans doute pour rassurer à l'Hôtel. J'ai pensé que si je pouvais, je voudrais ne jamais revenir là-bas, ou alors que personne ne me parle plus jamais de rien. Faire comme si de rien n'était... Voilà. Est-ce que ce serait possible maintenant ? Je suis descendue et j'ai été m'asseoir sur le petit bord de pierre de la maison, à côté de lui. Instinctivement, j'ai posé ma main sur la sienne, il n'a pas bougé. Je me suis dit que je n'aurais jamais eu le courage de faire tout ça, disons, la veille. Lui demander de m'emmener ici, quasiment lui ordonner d'ailleurs, le toucher, comme ça, sans réfléchir... J'ai souri.

— Qui est au courant ?

— Tu veux dire, qui n'est PAS au courant, ça ira plus vite... Tout le monde a toujours su qui était Soline... Même Maman savait. Après tout, c'est avec Antoine qu'elle avait l'histoire... Même si j'ai toujours pensé qu'ils s'aimaient tous les trois en fait...

— Pas la peine d'expliquer...

— Ensuite... quand ils se sont revus, ça a été plus compliqué... Le fantôme du passé, tous les souvenirs... C'est là que Papa nous a dit pour... enfin, que ton père... Avec interdiction formelle de l'ouvrir...

— Si maman n'avait pas rencontré Francesco à ce truc de déco... je n'aurais jamais su...

— Tu aurais préféré ?

Je n'ai rien répondu et il n'a pas insisté. Je n'avais aucune forme de début de commencement de réponse à cette question. Comme aux millions d'autres qui commençaient à affluer dans ma tête sans que je puisse lutter. Il allait falloir parler, bien sûr, décortiquer, préciser, réfléchir... Peut-être même voir un psy ? Je me suis levée.

— Je t'attends là...

— Je ne sais pas si je vais lui parler... Je vais juste... aller par là-bas.

Il a souri... Oui, il allait falloir parler, dans peu de temps, ne plus s'arrêter. Il n'y aurait sans doute plus de calme dans ma tête. J'étais au tout début de tant de choses, qu'il fallait tout simplement aller à l'essentiel. Là. Je me suis penchée et j'ai embrassé Gregory doucement sur les lèvres. Il a eu un très léger mouvement de recul, j'ai insisté, en passant ma main derrière sa nuque... Il a tenté de reculer encore, mais en se levant, ce qui m'a permis de me coller encore plus contre lui... Il a murmuré mon prénom, puis il m'a embrassée. Ce n'était pas comme la première fois, c'était plus doux. J'ai senti comme une lévitation. Je me suis dégagée la première, il baissait les yeux. J'ai tourné la tête, regardé la route vers le petit port, là, à quelques mètres. Il faisait presque nuit. J'ai commencé à marcher doucement, je lui tournais le dos, mais je sentais sa présence, presque un parfum d'ambre dans l'air. J'étais calme, adoucie, prête. Alors, je suis allée rencontrer mon père.

Planète filles

Retrouve tous les titres de Planète filles

Tu adores les aventures de Mia, retrouve-la vite

dans le tome I « Journal d'une Princesse »,
le tome II « Premiers pas d'une Princesse »,
le tome III « Une Princesse amoureuse »,
le tome IV « Une Princesse dans son palais »,
le tome V « L'anniversaire d'une Princesse »,
le tome VI « Une Princesse rebelle et romantique »,
le tome VII « La fête d'une Princesse »,
le tome VIII « Une Princesse dans la tourmente ».

Composition *JOUVE* – 62300 Lens
N° 1189425x

Impression en France par Hérissey – 27000 Évreux
Dépôt légal imprimeur : 104529 – Éditeur : 85165
20.16.1077.5 / 01 – ISBN : 978.2.0120.1077.2
Loi n° 49-956 du 16 juillet 1949 sur les publications destinées à la jeunesse.
Dépôt légal : mai 2007.